お茶くみ奥さま

この頃は、朝起きて最初に洗面所の鏡で、頭をじっと見るようになった。特に前頭部左側は、髪をかき分けて点検する。今日はないな、という日は安心して顔を洗う。でも、一本でも白髪《しらが》を見つけると、抜くまで気が済まない。それが終わらないと朝が正しく始まらない。色素の抜けた毛は目立つのに、その毛だけをより分けるのは結構手間取る。見当をつけて毛を一本つまんでも、なんだか光ってしまい、それは白髪の隣の毛、ということもある。白髪ってどういうメカニズムなのかな。白い毛が少しずつこっそり育って伸びてくる、というよりも、一晩で髪の色が、ぱっと白く抜けてしまうのではないか。半分だけ白い毛や、毛の先だけ白くなっているのを見たことがない。毛先から根元まで、きれいに白くなったものしか生えていない。

最初に見つけたのは、多分、二年前の三十九の時だと思う。ノートにでも書いておけば良かったと思う。でも、生理が始まった日を記録しないのと同じように、初めて白髪を見つけた日も、やっぱり字にして残したりはしないのだ。

「あっ、こういうことか」

　と、自分で思って覚えておくだけだ。きっと、生理が終わる時も、毎回、これが最後かもと思いながら、とうとう次がなくなって、

「ああ、この間で終わりなんだな」

　と、思うことだろう。どんな時も、その時自分が何歳だったかを覚えておくだけで、むしろその日の日付けは、そっと忘れたい。

　今日はどうかな。一本あった。髪を丁寧により分けて、ぴっと抜く。ずい分、上手に抜けるようになった。でもそのうち、白い毛がどんどん増えたら、わたしは抜かなくなるだろう。自分の髪が白い、ということを受け入れていくのだ。そうして、また新しく始まったことにそっと慣れていくだけだ。

「おはよう」

　夫の正樹《まさき》が起きてきた。

「あっ、ごめんね。すぐにどくから」

「今日は、どうだったの？」

　いつもの白髪探しを知っているのだ。

「今日は、一本だけ」

「ああ、そうか。まぁ、いいじゃない」

「うん。すぐ顔を洗っちゃうから待っていてね」

「先にトイレに行くからいい」

「そう」

わたしは早く顔を洗ってしまおうと思う。タオルは、わたしが使ってから新しいものと取り換える。まだ少し濡《ぬ》れている手に、バラの香りのする化粧水を取り、パチパチと叩《たた》く。その後にヘアトニックを髪にふりかけ、ガシガシガシと全体をマッサージする。水色のボトルには、「脱毛・薄毛・白髪の予防・養毛」と、ある。

「お待たせ。いいよ」

「うん、わかった」

わたしは白髪は嫌だけれど、脱毛や薄毛は嫌を通り越して、困るのである。わたしがなるわけにいかない。決意は堅い。男の人には「はげ」という髪型があるけれど、女にはそんなものはない。今の髪型は、いたみのめだたない短めのボブの変型で、えり足だけが少し長い。今日はつけないけれど、日によって椿油《つばきあぶら》を薄く髪につけることもある。髪は大事に手入れしなければ。それは正樹も同じ考えで、でも、夫はまだ四十五歳だというのに、どうしたことかきれいに額がはげあがり、バランスを取るために残った髪を短く刈っている。

もしかしたら、正しくは「はげ」とは言わないのかもしれないけれど、全体として見れば、やはり「はげ」である。お見合いで会った三十五歳の彼には、今の髪型を予感させるようなところは、どこにもなかった。ここまで来るのに、なんだか、わたしとしては「あっ」という間だった、というのが実感である。でも当人にしたらどうなんだろう。彼が毛を失いつつある時期と、わたしに白髪が出てきた時期は一致して、

「どうしよう、白髪が生えてきちゃった」

と、朝、大騒ぎをして正樹に言ったら、やっぱり、

「ああ、そうか。白髪が君にね。まぁ、いいじゃない」

と、言って終わりだった。「ああ、そうか」「まぁ、いいじゃない」正樹にとって、この世の出来事は、だいたいこの二つの言葉で済むようで、そこがなんでも騒いでしまうわたしと全然違うのだった。えらいな。

　夫婦はお互いを尊敬し合い、人間として高め合わないといけない。確か、このようなことを、むかし、短大の人間学の授業でシスターから教わったような気がする。カソリック系のその学校には、愛だの人間としての理想だの真剣に教える授業があったのだ。一クラスに五十人いた十九や二十という、熱い血潮の女の子たちは、それなりに感動したのだった。「好いた惚《ほ》れたじゃなくて、やっぱり結婚には、そういうことも必要だしね」と、せっせとノートを取った。でもね、シスター。そういう教育を女の子にするのなら、男の子にも同じようにしてもらわないと。男って、女を、かわい

いか、かわいくないかだけで判断しているみたいなんですよ。自分の意見や考えをはっきり言葉にする女は、当然かわいくなくて、もてないし、もてるために、わざとバカな振りをしている女っていっぱいいる。

それに、男って自分がして欲しいことばかり主張して、自分が相手から何を求められているのか、全然わかってないみたいなんです。シスター、そういうこと知っていますか？　三年に一度ぐらい送られてくる卒業生名簿を見ると、名字が変わっていない人が結構多い。今思えば、きれいごとしか知らないシスターが結婚を教えるなんて、そもそも間違っている。

わたしは正樹を「尊敬」しているだろうか。そもそも夫や妻を尊敬するような場面は、他の人がいるところで起こるような気がする。身内だけではそういう場面は起こらない。家族としては「この人、えらいなー」とか「この人、いい人だな」と思う程度の「ソンケイ」で、いいのではないか。

わたしは、「はげ」を嘆かず堂々と受け入れている正樹を、「えらいなー」と思わずにはいられない。失うものは振り返らず、という姿が潔いと思う。時々、ほんの少し残った後ろの毛を、無理に前方に持ってきて、毛の分け目が「どんぐり」のようになっている男がいる。あるいは、耳の下に髪の分け目を作り、無理に髪を流している男もいる。そんな男の妻は、一体どんな気持ちで、夫の髪型を目にしているのだろうか。

「努力している」

「工夫している」

「最後まで希望を捨てない人だ」

そう思うのだろうか。一度も、

「それはもう無理ですよ」

とか、

「不自然ですよ」

とか、

「やめたら」

と、言わないのだろうか。

夫婦なんて、他人が言えないことを相手に言える最後の人間ではないか。その役目を果たさなくてどうするのだ。

わたしは、「はげ」を嫌っているのではない。むしろ同情している。他の男に髪があって、なぜ自分にはないのか。外へ出ればいつも出合い頭《がしら》に、目と目で勝負しているようなものだろう。わたしだって、その気持ちはよくわかる。日曜日の午後、正樹と七歳の隆《たかし》、六歳の正人《まさと》と四人で買い物に行く時、知っている人に会う。保育園が一緒だった人とか、子どもの学校で同じクラスの人とかだ。

「あら、こんにちは。みなさんでお買い物？」

そうにこやかに挨拶される時、心なしか、「あら」と「こんにちは」の間に、

（お宅のご主人、はげなのね）

と、言われているような気がする。行間から、そんな感じがひしひしと伝わるのだ。

わたしは決まって、少しも臆することなく、もっとにこやかに、堂々と、

（そうよ。はげているわよ。それがどうだっていうの。この人は、とても優しい父親でわたしには、文句ない夫なのよ）

という思いを込めて、

「ええ、そうなの。またね」

と、言う。できればスキップでもしたいところだけれど、実際にはもう何十年もスキップはしたことがない。

奥さんだけの時は、これでいい。先方にも旦那さんがいて、しかもまだ毛が生えている旦那だと、わたしは少し、「きっ」となる。

（あなた、平気よ。少しも負けていないわ。わたしも、なんとも思っていないからね。隆も正人も、あなたのことが大好きよ）

と、心の中で力強く思っている。

「いつもお世話になっています」

わたしは、丁寧におじぎしてしまう。「はげ」ている夫の妻だからといって、少しも恥じていないのだ、ということをアピールしたい。正樹はわたしの気持ちを全く知らないと思う。いつも、

「今の人は誰？」

と、訊《き》くだけだ。この人は、これでいいのだ、と思う。

製粉会社で、スパゲティの開発をしている小川正樹と会ったのは、三回めのお見合いの席で、わたしは三十一だった。前の二回のお見合いで会った人が、あんまりだったので、正樹がとてもまともでいい人に見えたのも、本当だった。

最初の人とは、お茶を飲んですぐに「お昼でも」ということになり、ごみごみした商店街を歩き、回転寿司のお店に入った。何の話をするわけでもなく、ただ一心にその人はお寿司を食べた。仕方がないので、

「よく、このお店に来るのですか」

と尋ねると、

「いいえ」

とだけ答えて、会話のしようがなかった。驚いたことにというか、こういう人なら当然というべきなのか、会計はそれぞれ別で、彼は、わたしが支払っている間、外で待っていた。お見合いは、生花の先生のすすめだった。わたしは、仏壇用のローソク

を卸す会社で働いて、十年めだった。仕事はお客様にお茶を出し、挨拶をし、担当者につないで、電話番もするという、典型的な「女の子」の仕事だ。お花は希望する女子社員のために、週一回、先生が会社に来て下さり、会議室でお稽古がある。入社した時からお花を習っているので、ずい分上達したし、先生はなにかと親切にして下さり、ある日、ついでに、という感じで、「いい人がいるけれど会ってみない」と言われたのだ。

わたしは毎日きちんと仕事をしているけれど、これが一生をかけてする仕事とは思っていなかったし、先生に「友子さんが、おうちでお茶を淹《い》れたり、お花を玄関にちょっと飾るだけで、旦那さんが気持ち良く一日を過ごせたり、家族が元気になれることって、すてきなことだと思いますよ」と、言われて、そういうのもいいな、と思ったのだ。会社での仕事は、もう十分という気もしていた頃だったし。

二回めに会った「いい人」には上の前歯がなかった。わたしは、「この人は、治療中なのだろうか。お見合いなんだから、少しは外見にも気をつければいいのに。それとも、ありのままの自分というものを見せているのだろうか」と思った。人物としては飲料メーカーに勤める明るくさっぱりとした人だったので、もう一度会うことにして、その時に前歯が入っていたら次も考えてみようと思ったのだ。二回めに会った時に、口元を見て、「ああ」と思った。やっぱり前歯がなかったのである。

三回めに会った正樹は、

「ぼくは、この間お見合いをした時、相手を怒らせてしまったんです」

と、言った。

「どうしたんですか」

「帰りにタクシーを止めて、その人を乗せたんですが、どうもそれがいけなかったらしい。『失礼だ』と言われました」

「それのどこが失礼なんですか」

「そのタクシーの運転手が悪人だったらどうするのか、と言われました」

「まあ」

「今どき、そんなタクシーあるか、と思うんですけれどね。ぼくも一緒に乗って送って行くのが当然だと言われました」

「そうですか」

「今日、そうしますか」

「いいえ。一人で帰れますよ」

二人でなんだか笑ってしまって、その用心深い女の人のおかげで、話がはずんだ。

正樹は、ももんがを飼っていると言った。ももんがって、夜行性じゃないだろうか。

「ええ、ぼくが仕事から帰ってくると、カゴの中でごそごそしていますよ」

「小川さんは、夜ふかしなんですか」

「いいえ、すぐ寝ちゃうんですよ。朝、会社に行く時は、ももんがは寝ています」

「それだったら、全然会えないじゃないですか。それでいいんですか。ペットでしょう」

「ええ、そうなんですけれど、奴《やつ》は奴で自由にやっているし、ぼくはそれだけで嬉《うれ》しいんです。朝や夜に散歩に連れていかなくちゃいけない犬は世話をしてやれないし、一日中、部屋の中で猫に待たれるのも、かわいそうだし。そうなると、ももんがぐらいが丁度いいんです。だから、タクシーに乗ったらそのまままきちんと帰ってくれるぐらいの人じゃないと困るなと思って。冷たい人間だと言われたけれど、大人だったらそれぐらいできるでしょ」

「ええ、そうですね」

そんなことを話し、わたしたちは結婚し、わたしは専業主婦になった。もう外へ行って働きたくなかったと言うと、なまけもののように聞こえるかもしれない。ただわたしは、大勢の誰かのためにお茶を淹れたり、雑用をこなすよりも、一人のためだけに毎日を過ごすのが好きだと、はっきりとわかったのだ。お茶を淹れるだけで、おいしそうに飲み、布団を日に当て、ふんわりさせると気持ち良さそうに寝息をたてる夫の正樹。朝干した厚手のタオルが、すっかり乾くと嬉しく思うし、中古で買った3L

DKのマンションの床を、塵《ちり》ひとつなく雑巾をかけ終わると、「あー、良かった」と心から思う。向き不向きから言えば、わたしは専業主婦向きの女で、こうしていられて良かった、と思っている。

だから今、下の子ども・正人の一年一組の教室で、「今村君のお母さん」が発言している様子を、その他大勢の一人として、じーっと見つめてしまう。この人は、保護者会の席上でさっきから怒っているのだ。今日は、今年度の最初の保護者会で、PTAの役員を決めないとならない。毎年なかなか決まらず、ことに一年生のクラスは、保育園から来たお母さんが、「わたしはいいです」などと平気で発言するので困るのだ。「いいです」という無責任な言い方をしないまでも、二言めには「仕事をしているから、できません」と、あっさり言うのも困る。朝や夕方の安全旗振り当番は、働いている人の子どもにも、そうでない人の子どもにも同じように横断歩道で旗を持って誘導しているのだし、みんなで集めたベルマークは、ちまちま整理する人間がいてこそ一点一円のお金になり、学校で使う一輪車や餅つき大会の杵《きね》や臼《うす》になるのだ。

そこをわかってもらおうと、一年生のクラスには、今年のPTA会長の杉山さんが挨拶にまわって、「一人一役」やって下さいと説明したのだ。

「働いているお母さんも、働いていないお母さんも、学校で子どもがお世話になっているということでは、みんな同じです。ですから、どうぞ一人一役ということをご理解下さい。昼間、何度も打ち合せが必要な係ばかりではありません。例えばお祭りの係は、一日で終わりますし、お仕事をお持ちの方にも、無理なく参加していただける係もあります。ぜひ親同士が知り合うためにもお願いします」

　杉山さんがそう言った時、「今村」と書かれた名札をつけたお母さんが、

「ちょっといいですか」

　と、手をあげて発言したのだ。

「今、会長さんが、働いているお母さんも働いていないお母さんも同じです、とおっしゃいましたが、わたしははっきり言って根本的に違うと思います。働いていない方は、税金を納めているんですか。年金は払っていらっしゃるんですか。国民の義務ってご存知ですか。納税、教育、勤労なんですよ。言わせていただければ、専業主婦の方々って、国民の義務を果たしていないんじゃないですか」

「えっ、ちょっとこの人、何を言っているのよ」と、今まで何となく、下を向いたり、ぼーっとしていた「働いていないお母さん」たちは、顔をはっきり上げて、みんな今村さんを見ている。ベージュの、高くて固そうなスーツを着て、くっきりお化粧をしている。髪は明るい茶色に染めたショートカットだ。はつらつとしたスポーツ選手のようにも見えるし、初当選ではりきっている国会議員のようでもある。この人、何の仕事をしているんだろう。

「それに、この小学校は公立ですから、税金でまかなわれているわけですよね。なおさら納税って大切だと思うんですけれど。いかがですか。

　子どもが学校でお世話になっているって、会長さんはおっしゃいましたが、学校は子どもを教育する場なんですから、世話をするも何もないんじゃないですか。こんなこまごましたどうでもいい雑用に、いちいち働いている忙しい母親を呼びつけて割り振るって、どういうことですか。はっきり言って迷惑なんです」

（この人って、「はっきり言って」が口癖なんだろう）

「それに、この保護者会も、最初だからと思って、無理して半休取りましたけれど、平日の三時からで、『必ずお集まり下さい』とプリントにありました。でも、必ず集まる必要があるのなら、こんな時間の設定は最初から無理ですよ。やめて下さい。子どもの親は母親だけではないはずなのに、会社勤めをしている父親は絶対に出られないじゃないですか。それとも、父親は出なくていい、係もしなくていいということなんでしょうか。それなら、働いてきちんと納税もして、年金も払っている母親もPTAの係は免除してもらえませんか。そういう係は、働いていないで時間のある、あまり忙しくないお母さん方に負担していただきたいです」

　言いたいことだけ言うと、今村さんは一度その場にいる全員の顔を見まわし、最後に「ふっ」と笑ったような顔をして、椅子に坐《すわ》った。この椅子は小学校一年生の自分の子どもが坐っているものだから、小さくてとても固い。大人の女が坐っていると、滑稽だけれど今はそれどころではない。みんな、むっとして黙っている。

働いている人たちは、全員この今村さんの意見に賛成なんだろうか。お金を稼いでいれば、こんな乱暴で失礼なことを他人に言っていいのだろうか。

今村さんが、税金も年金も払っていない専業主婦をうらやましく思い、自分の立場を損だと思うのなら、仕事をやめて専業主婦になればいいのだ。自分の都合や考えがあって働いているのだから、働いていない人を攻撃していいというわけでもない。税金払うかわりにPTAの係をやれって？　もう今村さん、それ、おかし過ぎるって。そんな意地悪なこと、よく思いつくね。あなたも母親でしょ。一体どんな教育、子どもにしているの。

誰か何か言ってやれ。わたしは黙って坐ったまま、弁が立ちそうな誰かに念を送ってみる。こんな時、正樹だったら一体どう言うだろう。

「ああ、そうか」

「まぁ、いいじゃない」

この二つで、やっぱりこれもやり過ごせるだろうか。

こういうことを言う人ってどこにでもいるなあ、と思う。会社にいた時も、前田さんという耳に長い毛が生えていた営業のおじさんは、宴会でお酒が入ると必ず、女子社員に嫌なことを言うのだ。

「女の子の役目はね、早く会社を辞めることだから。お茶くんで、にこにこしていてお給料もボーナスももらえるんだから、女はいいよな。俺たちが養ってやっているんだよ。だから、お給料が高くなるまで会社にいないで、食べさせてくれる男を見つけて、さっさと辞めてちょうだいね」

酒臭い息でそう言われて泣いた新人の子もいたけれど、わたしより三期上の金井さんという女の人は、「それほどいいと思われるなら前田さんが、お客様にお茶を出したらどうですか。教えて下さるのなら、わたしたちは営業部に異動したいです」と言って、ベソをかいている女の子の背中をさすって介抱した。

女って損だなあと思う。自分の役割を果たしているだけで、こう言われてしまうのだから。にこにこしているって、そんなに楽に見えるのだろうか。たいていの場合、楽しいから笑っているのではなくて、楽しくなりたいから笑っているのではないだろうか。

お金を稼いでいないですけれど、お金を稼ぐ人を支えていますよ。夫はそれでいいと言っていて、文句はないみたいなんです。だからあなたに専業主婦でいることに対して、文句を言われる筋合いはないと思います。暮らしは、それでどうにかやっていけるので、わたしも、それ以上は望んでいないんです。子どもが学校から帰ってくる時にはいて、おやつを作って出してやれる母親になりたいと思っていました。今、そういう状態でとっても満足しているんです。家の中のことって、そうじでも服の整理でも、やろうと思えば限りなくあるもので、別にうちにいるからって、時間があり余っているわけじゃないです。みんなの生活のパターンって、それぞれだから、自分一人が忙しいと思わないで欲しい。

わたしは、今こそ、会社の金井さんが教えてくれた術を使おうと思った。

あの宴会の後、金井さんはわたしにこっそり教えてくれたのだ。うんとひどいことを言われた時や、理不尽なことで怒られた時は、

「その人がやっている時の顔や様子を想像するの。やってるって、あの、こんな言い方して悪いけれど、言っていることは、わかるでしょ。そうすると、たちまちおかしくなるのよね」

と、言うのだ。太ったヘップバーンみたいで、お客様にも人気のあった明るい金井さんも、こんなことを考えていたのかと思ったら働く女の人の知恵ってすごいものだと感心した。これって、「ソンケイ」に価することではないか。わたしは十年前に会社を辞めたけれど、金井さんは多分、今でもあの会社にいることだろう。何でも知っていて、新しく入ってくる女の子たちに優しく仕事を教えることのできる金井さんみたいな人は、どんな会社にも必ず一人はいる会社の御守《おまもり》なのだ。

そうだ。今こそその術を発揮してみよう。わたしは今村さんをじっと見る。うーんと、この人は、てきぱきし過ぎて、セックスをしそうな気配がない。困ったなあ。スポーツみたいにするんだろうか。なよっとした女の人のほうがセックスをしているところは想像しやすいんだけどな。

働いている人は、みんなカチッとした固い上着を着ているので、すぐにわかる。バッグも大きめな革のものを机の横に置いている。そうそう、セックスをしているところを想像するっていっても、だいたいわたしは他の人がセックスしているところを当然ながら見たことがないし、AVも見たことがないのだ。自分のことしか結局知らないのだ。へぇ、金井さんは一体どうやって、他人のセックスを想像したというんだろう。そっちのほうが興味ある。

じゃあ、セックスは無理だから、手始めに今村さんの下着を想像してみることにしよう。それなら、このわたしにもできるかもしれない。

スカートは、タイトっぽいぴっちりしたもので、すそが少しチューリップのようなラインになって広がっている。さっき立っていた時は、全然下着のラインが見えなかったからガードルとショーツが一体になった薄いものかもしれない。ああそうだ思い切って黒のTバックなんかどうだろう。でも、駅から学校までは自転車だろうから、Tバックだと食い込んでやっぱりまずいか。想像していると確かに楽しくなってきて、さっき言われたバカらしいことも、だんだんどうでも良くなってきた。金井さん、こういうことですね。わたしもちょっと、わかってきましたよ。

今村さんは、「ふん、だ」という感じで普通にしようとしているが、その感じが強過ぎて、かえって虚勢とわかって痛々しい。わたしが坐っている席から、左に三席斜め前に坐っている。今村さんが、右手で髪をさわったら茶色に染めた髪の下に白髪が固まって見えた。ふーん、この人、おしゃれで染めているというよりも、これは白髪染めって感じだね。なんだか、いいものを見せていただきました、という気持ちになった。

みんな何も言わないのである。本当は早く係を決めないと保護者会は終わらないので困るのだ。わたしがあまりに熱心に今村さんを見ていたので、担任の木村先生が何か誤解したのだろう。

「小川さん、何かご意見ありませんか」

と、言ってわたしを指した。あっ、先生、わたしが今まで頭の中で考えていたご意見って、他人に言えるようなものではないのですけれど。

「あ、あの、PTAの役員と税金のことは、今日のところは離して考えたほうがお互い気分がいいと思います。人には事情がいろいろあるので、実際にその人の立場にならないとわからないこともありますしね。働いている方は、なるべく一日で終わる係に優先してなっていただいて、保護者会に出席できない方には、出席した方が後日お知らせするとか、せっかく同じクラスの親同士ですから、仲間割れするのではなくて、お手伝いできたらいいと思います。ちょっと気分転換にお茶でも飲んで、係を急いで決めたらどうでしょうか」

　もう全くの偽善者である。心にもないことを、よくもまあぺらぺらと自分でも嫌になる。わたしは、前の人から廻《まわ》ってきた紙コップに、ペットボトルのお茶をたくさん入れて、ごくごく飲んだ。

　それなのに、木村先生をはじめ、クラスの出席者はわたしの意見に賛成し、働いている人たちは新しく独自の連絡網を作ったようだ。「次の保護者会は、これで大丈夫ですね」と先生もにこにこしている。さっきの発言のせいで、なんとなく自然に今年のクラス委員は、わたしがすることになってしまった。本当は、わたしはこういうことに向いていない人間なのに。もっと真面目《まじめ》に物を考える人にやって欲しい。今度、今村さんが税金と年金の話をまたしたら一体どう言えばいいのだろうか。誰か一緒に考えて欲しい。困ったことである。今村さんは、というと、事前の打ち合せは一切必要のない「夏祭りのお手伝い係」になり、文句はもうないようだ。彼女はああ言ったけれど、係をやっている「働いていないお母さん」たちが、

「ちっとも仕事を分担しない、働くお母さんのために、わたしたちが昼間、時間を割

いて係の仕事をするのは嫌です。係の仕事は、働いているお母さんの子どものためにも役立っているのに」

と、表立って言ったことは一度もない。本当は文句があるにしても、

「そういうことは大人なら言わないものだ。しょうがない。ここは我慢しなくちゃいけない」

と、無理にでも納得してきたのだ。今村さんのように、なんでもかんでも言葉にすればいいというものではない。言わないでいることにも、知恵は必要なのだ。こういうことも「ソンケイ」に価するのではないか。

予定通りに四時に保護者会が終わってやれやれである。早く帰って晩ごはんの支度をしなくちゃいけない。スイミングに行っている隆と正人は五時半に帰ってくる。今日はもう買い物に行く時間はない。晩ごはんは何にしようかな。冷蔵庫に入っているものを、思い出してみる。

「小川さん」

彼ろから声をかけられた。

「あっ、小山田さん」

「今日は大変だったね。あの人、あんなこと言うなんてね」

小山田さんのうちの太郎君は正人と幼稚園でも一緒だった。太郎君が振りまわした

カーディガンのファスナーの金具が正人の目の端にぶつかったことがある。夜、ケーキを持って謝りにきてくれた小山田さんに正樹は、

「子どものやったことですから気にしないで下さい。うちの子だって、やるようなことなんですから」

と言った。それ以来、小山田さんはうちに優しくしてくれる。小山田さんは自転車を押している。学校内に自転車置場がないので、保護者会には自転車で来てはいけないことになっている。でもみんな学校に来るには遠くて自転車に乗るので、それは、ちょっと無理なことなのだ。

「自転車なの？」

「うん、本当はいけないんだけど、図書館に置かせてもらったの」

小山田さんは笑って言う。

いけないことでも、「だって、しょうがないじゃないの」と自分にも人にも言って、さらっとやってしまう。それでも優しく笑っていると、だんだんわたしたちの顔は「お母さん面《づら》」になってくる。なんでも平気な顔でどんどんやってしまうのだ。

「今村さん、疲れているのかもね。最初の子が学校に上がるといろいろ大変だからね」

「小川さん、優しいね」

「うちは、コロッケにしちゃおうかな。今からお肉屋さんに買いに行こうかと思って」

「うちは、マーボー豆腐にしようかな。小山田さんのうちは？」

「今日、晩ごはんは何にするの」

「そんなことないよ」


（※）


「そう。じゃあ、またね」

「うん」

小山田さんは、道路の左側ではなく、右側をぐんぐん自転車を漕《こ》いでいく。

今日は、マーボー豆腐と、わかめとキャベツのサラダにしよう。おみおつけは、じゃがいもに、さやえんどうにしよう。正樹のビールはあったかな。帰る途中の酒屋さんで二本買って帰らなくちゃ。今村さんのことを言ったら正樹は一体何と言うだろう。

「まぁ、いいじゃない」

きっとそう言うような気がする。

「まぁ、いいじゃない」

そう小さく声に出して言ってみる。だいたいのことって、本当にこれで済むなぁと思うのだ。早く正樹が帰ってこないかな。ああそうだ、玄関に飾る花も買って帰ろう。

そう思ってわたしは早歩きで道を歩いて行った。

レジ打ち奥さま

朝顔って九月になっても、まだあんなに咲くんだ。マンションの駐輪場から自転車を出した時、三階の三雲《みくも》さんのベランダを見てそう思った。明るい水色と白の朝顔が、交互に柵に巻き付いている。朝からむっと暑い真夏より、今ぐらいの時季のほうが、朝顔も楽そう。そのうちパンジーみたいに品種改良されて、秋に咲く朝顔も出てくるかもしれない。

あれ、もしかしたら俳句の世界では八月はもう秋で、だから朝顔ってもともと秋の花だったかも。どうだったんだっけ。なんだかもうそんなことも、忘れてしまった。この頃、どんどんまともな知識が頭から消えて、わたしは退化するばかり。外見は四十歳の女だけれど、長い間誰にもまともに相手にされない透明人間になった気分だった。

あまり大きい声では言えないけれど、子どもを育てていると、人間はどんどんバカになってしまうのではないか。これは、この七年間を振り返ってみての、わたしのイケンだ。このイケンというのは、よくＮＨＫ番組の最後にアナウンサーが、「番組に対するみなさまのご意見をお寄せ下さい」と言うような意見とは違い、規模も内容も人に発表できるものではない。イケンは、ある日ふとしたきっかけで、

（あ、こういうことか……）

と、気が付き、本当は誰かに、

（ねえねえ、これってこういうことじゃない？）

と、言いたいものの、内容は言う相手を厳しく限定する必要がある。だから、結局イケンはわたしの口から外に出ることはない。

今年一年生になった太郎は、三年間幼稚園に通った。その間のイケンは、

「なんだか感じの悪いお母さんだなあと思っていると、やっぱりそのうちの子どもも感じが悪くて、他の大人に挨拶しない」

とか、

「きれいな奥さんでも、必ずしも旦那さんはハンサムでもない。でも、ハンサムな旦那さんの奥さんは、必ずかわいい」

とか、そういうことだ。

そしてきのうから、わたしの体全部をうっすらと包んでいるイケンは、

「やっぱり子どもには、当たりとハズレがある」

ということで、うちの太郎は多分、ハズレなのだ。

子どもが小学校にあがって、ああ大変だと思うことばかりだけれど、持って帰ってくるプリントの多さ、あれは一体どうにかならないのか。

「保健だより」「一年生の学年だより」「PTA　実行委員会報告」「PTA親子コンサートのお知らせ」「一年一組保護者親睦会のお知らせ」「ベルマーク一覧表」。

これだけのプリントを、夕食後、太郎はのろのろと、連絡帳を入れてあるA4のビニール・ファイルから出して、

「はい、ノートもあるよ」

と、連絡帳を渡した。

何か先生から連絡事項があれば、書かれてあり、親はそれを見たら印を押し、また子どもに持たせ先生に提出するのだ。一学期の間は、このプリントと連絡帳を、わたしに見せる、ということすら太郎はできなかった。何日分かまとめて出すのだ。そのために、図工でビー玉、紙粘土、そしてモールとアイスクリームのカップを使うということを授業の前日に知って、大急ぎでタクシーに乗り、閉店間際の東急ハンズに行ったこともある。そんな甘いことをしなくてもいい、材料を持たせずに授業に出ればいいのだ。そうすれば、太郎にもわかるだろう。そう考えたけれど、やっぱりそれはできなかった。工作の材料を揃《そろ》えてやるのが親の役目だから。はい、それも考えまし

た。そんな厳しくしたら、かわいそう。当然それも考えましたよ。でも、それだけの理由では、わたしは東急ハンズには行かなかった。先生やクラスの他の子たちに、「やっぱり小山田君はだめだ」と、思われたくない。そして何より、わたしが先生に「お母さんが働いてお忙しくしていらっしゃるから、工作用の材料なんて買いに行けないんですね。でも、これは、あなたのお子さんが授業で使うものなんですよ」などと、一瞬でも思われたくなかった。前にもらっていたプリントを、ずっと出さない太郎はバカだけれど、わたしは「あっ大変」というシンプルな反応だけでなく、なんだか黒い意地のような気持ちで、タクシーに乗って買い物に行ったのだ。

太郎には、「なんでお前は、そうなの」とがっくりさせられてばかりいる。

「鉛筆を削ってあげる。筆箱を出してごらん」

ある時そう言って、ランドセルから持ってこさせた筆箱には、鉛筆も消しゴムも何も入っていなかった。この筆箱は、わたしの母が伊東屋で買ってくれたのだ。黒い上等な革に「おやまだたろう」と金色で名前が入っている。

「これ、なんで何もないの？」

「なくしちゃったの。ママごめんなさい」

「学校でどうしていたの」

「木村先生に貸してもらったの」

「いつから？」

「ずっと前から」

それならなんで、すぐに他の鉛筆を削って持っていかないのか。「おやまだたろう」と名前が入った鉛筆も、母が買ってくれてあんなに喜んだのに。

「他の鉛筆は？」

「なくしちゃった」

「全部なくしちゃったの？」

「そう。ごめんなさい」

どうやったらこんなにすぐに、長い鉛筆を十二本全部なくすことができるのか。どうして物を大事にできないのか。この子の背中を、思い切りぶってぶって叩いて怒れば、物を大事にしなければならないということが、伝わるのか。それともわたしが筆箱の中身があるか、毎日点検しなくてはならないのだろうか。

「明日の勉強の時、鉛筆がなくてどうするの」

「先生に貸してもらう」

「そんなのだめ。勉強の道具は自分の物を使うの」

「はい」

太郎は上目遣いでそろっとわたしを見る。ああ、この目つきがおどおどしていて気にくわない。

電話台の上のペン立ての中に、半分くらい使ったHBの鉛筆が一本あった。消しゴムは引き出しを探してみたら、わたしの親指の爪ほどの大きさのものがあった。

「これを貸してあげるから、明日学校へ行って落とし物箱の中をよく探しなさい」

「はい」

あの時もあれほど言ったのに、太郎はその一本の鉛筆と小さな消しゴムもその日にまたなくして、空っぽの筆箱で帰ってきた。この子の頭の中はどうなっているのだろう。わたしに叱られるということは、何の役目も果たしていないのか。全くうんざりする。

「わたしは、自分の子どもと一緒にいるとうんざりするのです」

これは本当に人には言えないイケンだ。池に石を投げると、どぼんと音がして沈んでいく。あの石が太郎かもしれない。下へ下へとぐんぐん進み、底に着いたらもう水の上に出ることはない。誰もいない水底でじっとしていられるのなら、それが一番いい。わたしも石になって、底でじっと小さくなっていたい。そうできたらどんなにいいだろう。

太郎が学校から持って帰ってくる連絡帳には、担任の木村先生が、書き方のお手本のようなきれいな字で、その日の太郎の困ったことを知らせてくる。

「授業中、じっと坐っていることが苦手なようで、教室内を勝手に歩いたりします。授業の妨げになりますので、ご家庭でのご指導をお願いします」

「勝手にお友達の持ち物を触り、それが原因でトラブルになることがあります。様子を見守りますが、ご家庭でのご指導をお願いします」

「太郎君がなくしたという、絵日記用の用紙をわざわざすりまして、今日渡しました。これからは、なくさないようご家庭でのご指導をお願いします」

はいはい、それはどうもすみませんね。わたしは、連絡帳を渡される度に、今度は何をやったのだ、と思う。読めばこんなことをしないで欲しいと思う。でも、同時に、こんなことぐらい、子どもってするんじゃないのかな、少しは許してくれればいいのにとも思う。わたしの心の中は、いつも二本立てなのだ。なくした用紙をもう一枚下さいと言ったことって、こんな風に書かれてしまうほど、先生にとっては余計な仕事なんだろうか。わざわざだって。木村先生は、わたしより十歳ぐらい年上だ。自分の子どもはいないのだろうか。もしいるとしても、きっと出来のいい当たりの子どもがいるだけなんだろうな。もしかしたら女の子しかいないのかも。わたしも、自分の子どもが、こういう子だとは思わなかった。いくら言っても全然いうことをきかないのだ。そういう時は、一体どうしたらいいのだろう。夫の昌一《まさかず》は、

「子どもなんだから、しょうがないじゃないか。そのうちちゃんとできるようになる

よ」

と、言う。わたしだって、そう思っていたい。

「でも、学校からあれこれ言われて、すみませんって言うのは、わたしだよ」

「そういう時は、君が太郎の味方をしてやればいいじゃないか。親が子どもの味方をしてやらないでどうするんだよ」

夜遅く帰ってきて、お茶漬を食べながら昌一はそう言う。わたしより三歳年上で、印刷会社で働いている。いつも帰りは遅い。

彼の言っていることは正しい。正しいけれど、やっぱりわたしの心の中には「でも」という言葉が浮かびあがる。

でも、もう何度も言っているんだよ。

でも、他の子はちゃんとやっているんだよ。

でも、クラスの人の迷惑になっているんだよ。

でも、先生がそう言っているんだよ。

あなたは、うちにいる太郎を見ているだけだからそう言っていられるのよ。わたしだってそうしていたい。わたしは昌一以外の誰かに、大丈夫、こんなことなんでもない、今だけのことだからと言ってもらいたい。でも、そんなことを言ってくれる人は誰もいない。ハズレの子どもの親には誰も優しくなんてしてくれないのだ。ちょっとしたことでも呼びだされて、恥ずかしい思いをさせられて、叱られて、すみませんすみませんと言ってばかりだ。抱けば柔らかく体をわたしにあずけ、丸くなって寝ていた赤ん坊は、一体いつからこうなってしまったのだろう。砂場で他の子のおもちゃに手を出し摑《つか》んで離さない、それを叱ると砂を投げる、たたく。幼稚園でも、すぐに手を出したし、かみついたり、カーディガンを振りまわして、相手の子の目に金具をぶつけたこともある。その度に先方の家に電話をかけ謝り、時には太郎と出向いて謝る。そんな時、夫の昌一は、いつもいない。二人だけの３ＤＫの空間でだんだん太郎が憎くなる。こんなめんどうな子どもを育てるのは、損だという気持ちがわたしの中でぶるぶると膨れあがる。自分がぴりぴりしている、ということはわかっていた。けれども、誰からも叱られず、迷惑がられないためには、わたしが太郎を叱るしかないのだ。それなのに、きのう太郎が持って帰った連絡帳には、髪にシラミの卵がついていたので、すぐに理容店で髪を短く切り、薬局で専用のシャンプーとクリームを買うようにと書いてあった。今度は何かと思ったら、シラミだって。もう嫌だ。恥ずかしい。どうして、この子はこうなんだろう。頭も洗って、シーツも枕カバーも、タオルケットもちゃんと洗濯しているのに。うちの子はつくづく、ハズレなんだなぁと思った。

七月から、スーパー花丸でパートのレジ打ち係として働いている。朝九時半から夕方の四時半まで。時給は８５０円。少し時給が安いのは、夕方の買い物客で混む六時までいられないことと、土、日に出られないことがひびいている。それでも全然構わなかった。応募理由を、マンションのローンの返済のためと、副店長の宮崎さんに、机が一つしかない狭い事務所で答えたけれど、それは嘘《うそ》だ。学校が夏休みになって、毎日昼間から太郎と二人きりになるのが嫌だったのだ。そんなこと、太郎にも良くないと思った。毎日あれこれ小言ばかりの母親から離れたほうが、のびのびするだろう。そわたしだって、何も自分の子どもをおどおどした子どもにしたくはないのだから。それに、この七年間、ずっと子どもの世話ばかりの毎日で、昼間マンションの部屋にいれば、あとは誰とも会わず、たまに口をきくといっても宅配便のおじさんに「ありがとうございます」と言うこと、マンションの管理人の近藤さんにゴミ捨ての時に、「おはようございます」と言うこと、あとはかかってくるセールスの電話に「結構です」と言うこと。思えばこれの繰り返しだった。そろそろ、それ以外のことをしてもいい時期ではないか。

太郎が幼稚園に行くようになると、子どもを送った後、門の側《そば》に立ちずっと話をしている人たちがいた。妊娠するまで、わたしは保険会社で働いていた。朝、駅へ向かう途中でも、そういう光景を見ていたのだ。甘いものに群がる蟻《あり》のように、小さい固まりが門や園のフェンスの脇、向かいの公園にいくつもできていて、さすがに雨の日は立ち話はしないようだけれど、暑い日や、うんと寒い日でも平気で話をしていた。専業主婦ってヒマなんだな。何をそんなに話すことがあるんだろう。あんな所に固まって立っていたら、道を通る人の邪魔になるのに。母親になると社会性がなくなるんだから、全くバカみたい。わたしはそう思っていたのだ。でも、今ならよくわかる。あれは甘いものがあるから群がっていたのではない。何もなくても、ただお互い同士に群がることができるのだ。それは蟻なのか、みっしりと固まってはえるキノコなのか。太郎はクラスの子とぶつかってばかりだったから、わたしに声をかけてくれる人は誰もいなかったし、わたしもまた、なるべく誰ともかかわりたくなかった。いつも生き生きとして、顔をあげ人の輪の中心にいるのは、出来のいい子どもを持った母親だな、というのも、わたしのイケンなのだった。

ベージュのシャツに、黒いパンツ、頭には海老茶《えびちゃ》色の三角巾。これがスーパー花丸でのわたしの姿だ。うちのマンションから、バス停で言うと、七つ先にある。時給が850円なのだから、往復で420円になるバスには大雨の日以外は乗らない。うちからすぐのスーパーだと、知っている人に見られるので少し距離のあるここにした。

わたしが働き出したので、太郎は学校の授業が終わると、学校の中にある学童保育へ行くことになった。

太郎は、なんだかそれが嬉しそうだ。

「なんで学童が嬉しいの」

「だって今村君と遊べるから」

「今村君って誰？」

「クラスの友達」

「幼稚園の時みたいに、ぶったり、カーディガン振りまわしたりしたらいけないよ。ママは謝るの、もう嫌だよ」

「わかっているよ」

太郎は笑って言う。笑うと上の歯が抜けているから、なんだか変な顔になる。

「太郎の友達って、今村君以外に誰がいるの」

わたしは、太郎の友達の名前を全然知らない。

「数え切れないほどいっぱいいるよ」

「へえ、本当？」

「本当だよ」

そんなことも全然知らなかった。わたしは、なんとなく太郎って、クラスでぽつんとしているような気がしていた。見直したというか、ほっとしたよ、太郎。

全く思ってもみなかったことだけれど、わたしはなんだかレジ打ちに向いていた。自分では気が付かなかった能力ってあるものだ。知らなかったなぁ。知らない人に向かって、「いらっしゃいませ、こんにちは」と、挨拶することもちっとも恥ずかしくなかったし、目も割と良くて値札シールに書かれている値段を読み間違えることもない。中・高校時代に陸上部にいたからだろうか、ずっと立っていても腰も痛くならない。最初は、何の資格も無い四十歳の女が働ける場所なんて、レジ打ちかお弁当屋さんくらいしかないのよとふてくされたように思ったけれど、今は、何とも思わない。やろうと思ったら、どんなことでもただやればいいのだ。それだけのことだ。

98円、158円、198円、158円、89円、98円、188円、298円。値段を読み上げる時は、電話で話す時より、少し小さめでいい。そうでないとのどがカラカラになってしまうよ、それに、読み上げられるのが嫌な人も結構いるからね。最初にそう教えてくれたのは、一緒に朝のシフトで働く本多さんだ。本多さんは、小柄で六十歳くらいだろうか。目が細くて、色が白い。白髪は染めない主義なのだろう、きつくパーマをかけたショートカットなので、髪全体が灰色にかたまったまま、ぶわっと持ち上がっている。そんなことより本多さんの何よりの特徴は、ものすごい猫背ということだ。多分、最初に本多さんを見た人は、

「えっ、こんな人にお願いしていいのか。大丈夫か」

と、思うだろう。でも、本多さんは打つのも早いし、値段を打った物をカゴに入れる時も、肉・魚は右手前に、洗剤・スポンジ・ゴミ袋などは、左斜め向こうに、ペットボトル・牛乳は左手前に置く。詰める時に使う袋の大きさ、枚数もぱっと判断する。全てが早く動作に無駄がない。そんな本多さんのことをお客さんもよく知っていて、急いでいそうな人は、本多さんのレジを探して並んでいる。

１６８円、１５８円、98円、１８８円、78円。

午前中のお客さんは、比較的年輩の人が多い。カートを引いて来て入口の外に置いてお店の中に入ってくる。夕方近くになると、買い物や、子どものお迎えに自転車に乗った人が多くなるから、自転車にひかれないように早めに外に出るのだと、本多さんが教えてくれた。お米を買うのも重くて大変なのだろう。一キロの袋が午前中には、よく出る。わたしは、そんなお年寄りのお客さんには、精算後のカゴを袋を詰める台まで運んであげるようにした。ペットボトルのふたを開けられないから、ゆるめて欲しいと声をかけられることもある。指に力が入らなくて、と困ったように笑って言う。「はい」と言ってふたをゆるめてあげる。そんな時、「ありがとうね」と言われるよりも、「すみませんね」と言われることが多い。いいんですよ、こんなこと。たいしたことじゃない。わたしは、にこっとして、レジに戻る。そんな時、うちにいて太郎のことでぴりぴりしていたわたしと、大違い、とちょっと思うのだった。そして、わたしだって何も根っから意地の悪い人間ではなかったのだと、ほっとする。

休憩時間はあまりない。トイレにだって、そんなにすぐにはいけない。ずっと立っているから、足元は昔ジムに行っていた時に使っていた、足首まであるハイカットの黒いエアロビクス用の靴をはいている。

お昼ごはんは、休憩を含めて三十分で、事務所でとる。本多さんは、自分でおむすびを作ってくることもあるし、店のお惣菜《そうざい》コーナーでお弁当を買うこともある。

「自分で作ったお弁当は、食べる前から味がわかるから嫌なの。あなたは偉いね。まめだ」

そう言って、お弁当を作ってくるわたしをほめてくれる。

「わたしはね、前にお弁当屋をしていたの」

「ああ、そうだったんですか」

「そう。食べ物屋はね、手の爪にマニキュアしちゃ、いけないの。お客さんが気持ち悪いでしょ」

「そうですよね」

でも、本多さんの爪には何も塗られていない。

「今もレジ打ってお客さんの品物触るから、手の爪には塗らないの。その代わり足の爪に塗っているよ」

あはは、本多さん、おかしい。ごはんが終わると、本多さんは煙草を一本吸う。吸うといっても、火をつけて二、三回ふかすという感じで、すぐに消してしまう。でも、その二、三回をとっても楽しんでいるのがよくわかる。それは、煙草を吸えないわたしはただぼーっと見ているだけなので、煙草を吸えないのは「損だ」と思うほどだ。吸うのは缶ピースである。

「わたし、来週一週間お休みもらうの。迷惑かけるけど、よろしくね」

煙草を、パンツのポケットから出した携帯灰皿に入れながら本多さんが言った。

「どこかご旅行ですか」

「うん。今年は思い切ってナスカの地上絵を見てこようと思って。めったに行けない所だし、元気なうちに一度行ってみたくてね」

「今年はって、毎年どこかに行かれるんですか」

「そう。わたしはね、レジ打ってそのお金で一年に一回、一週間外国に行くのが楽しみなの」

「うわ、すごい。これまでどこに行ったんですか」

「ケニアにも行ったことがあるし、ポルトガル、フィンランド、モスクワにも行った」

本多さんの話を聞いていると、子どもと一緒にいるのが嫌だから、なんていう自分の動機が、うんとちっぽけなものに思えて恥ずかしい。

「外国に行くとよくわかるけどね、レジ打ちは万国共通、永遠不滅の仕事だよ。店があれば、必ずレジ打ちは必要だからね」

「本当にそうですね」

「地球のどこかで、今も誰かがどこかでレジ打っていると思うと、おかしいよねぇ」

本当だ。みんなどんな境遇で、どんな理由でレジ打ちをしているのか。そして、そのお給料は何に使うのだろう。一週間の海外旅行にお金を使う本多さんは、レジ打ち界のセレブだね。参りました、という感じ。

「わたしも、行ってみたいです」

「きっと行けるよ」

本多さんは、わたしを見てにこっとして言い、

「いつかね」

と、付け加えた。

「今は、自分のやりたいことを特に辛抱する時だね。いっつも好きなことだけしていられる人なんて、どこにもいないんだから」

「はい」

そうなのかな。そう言われれば、そうかと思う。

「わたしもそうだった。他の人が楽しそうでうらやましくてしょうがない時があった。でも、別に毎日いいことがあるわけじゃなくて、いいことってたまにしかないなぁって、最近は思う。今、我慢していれば、それが報われる時が必ず来るから。それを楽しみにしなさいよ。あ、もう時間になるね。さぁ午後の部が始まるよ」

本多さんは、事務所の壁にかかっている丸い時計を見て言った。

きゅっと力をいれて三角巾を結んだ。自分に向いている仕事だって？　自分の好きな仕事だって？　自分の才能を生かす仕事だって？　は、それが一体なんだというのだ。遠い昔に確かに自分だって思ったことが、今はどうでもいいと思える。本多さんみたいに、わたしだって、レジ打ちをして好きなことをしてみよう。これはわたしがやっと掴んだ手段じゃないか。ちょっとやそっとでは離さない。力が湧くってこういうことかと、久しぶりに思った。

レジを打っていると、ああ人間って二種類だなぁと思う。それは、買った長ねぎを半分に切ってと言う人と、そのままで持って帰る人の二種類だ。長ねぎが袋から見えているってそんなに恥ずかしいことなんだろうか。わたしには、その見栄《みえ》のはり方が理解できない。ねぎ？　おいしいじゃないの。ねぎのない納豆なんて、ぴりっとこないし、すき焼きもおいしくない。冷奴《ひややっこ》にも、豚汁の薬味にもねぎは欠かせない。ねぎのおいしさは認めつつ、それを隠して運ぶなんて、卑怯《ひきょう》な気がする。匂いが嫌なんだろうか。姑息《こそく》なんじゃないかと思う。レジ打ちにも慣れてきた今は、長ねぎを買ったお客さんを見れば、この人は、果たしてねぎを切ってと言うかどうかだいたいわかるようになってきた。

単純だけど、あまりお化粧していなくて、小さな子どもや赤ちゃんを連れている女の人は切らない。男の人は、だいたい年齢を問わず切らない。お使いで来ているだろう小学生の女の子も切らない。切って欲しがるのは、若い女の子よりも意外に五十代以上の女の人に多くて、だいたい髪の手入れが良くてお化粧が濃い。テニスのラケットや、ゴルフクラブを持った人は、たいてい切って欲しがる。切ったほうが匂うと思うけれど、よく見ていると、切ったねぎをさらにビニールに入れて袋に詰めている。ふーんだ、いいじゃないの、見栄っぱり。どうせ家では匂いをぷんぷんさせて食べるんでしょう。袋から長ねぎが見えるぐらい、一体なんだというんだ。庶民ぽくて嫌なんだろうか。庶民の一体どこが悪い。わたしは、若くてきれいな女の子が長ねぎを買って、そのまま袋に入れていると、ああ、いいねぇと思う。そして、どうかそのままの気持ちで、いいおばさんになってねと祈るのだ。

四時半に仕事が終わって、自転車を漕いでマンションの駐輪場に着くのは、だいたい四時五十分ぐらいだ。この自転車が壊れたら、今度は電動式の自転車を買いたいと思う。そうすればもう少し早く帰ってこられるだろう。五時には、太郎が学童から帰ってくる。早く晩ごはんを作らないと。夫の昌一はなかなか早く戻れないから、いつも太郎と二人だ。煮物を作っても残ってしまってつまらない。冷蔵庫に何が残っているだろうと考えながら自転車に鍵をかけ、何となく上を見た。あれ。なんだか変な感じ。あ、朝咲いていた三階の三雲さんのお宅の朝顔が、全部なくなっている。どうしたんだろう。そう思いながらマンションのエントランスに行き、ポストの前に立つと、その上の掲示板に何か書いてある。

「最近、ガーデニングを楽しむ方も多くみられますが、下の階の方より葉のくずなどが落ちてきて迷惑だと、写真つきの投書がありました。お互いが気持ちよく過ごせますようお心遣いをお願いします」

ああ、これか。嫌な感じ。何よ、花がきれいに咲いているだけじゃないの。ずっと咲いているわけじゃないだろうに。三雲さんはどんな気持ちで、朝顔の花を抜いたのだろう。どうせこういうクレームを言うのは、長ねぎ半分カットタイプに決まっていると思った。

この日は、八時三十分から四十五分まで、太郎のクラスで本読みのボランティアなのだった。本当は、こんなことはしたくない。本なら、家で太郎に読んでいる。こういうことは各家庭でやればいいことだ。何も母親が学校まで出向いて他の子に本を読まなくても、いいではないか。この学校のPTA活動は、やたらと熱心で、「働いているお母さんも、働いていないお母さんも、学校で子どもがお世話になっているということでは、みんな同じです」と、妙に甘ったるいへなへな声でPTA会長さんが最初の保護者会の時に言った。そして、一人一役、必ず何かするようにと同じ声で強制したのだ。みんなそれぞれ事情があるのに、そういうことは、全く無視してみんな平等に、ということが一番大事としか考えられないのだろう。こういう人も、きっと長ねぎ半分カットタイプなのだ。一回で終わるこの係にしておいて良かった。四十五分に終わって、急いで行けば、九時半からの仕事に間に合う。

読むのは「ないたあかおに」にした。太郎にも、これはまだ読んでいない。駅前の書店に注文しておいて、おととい届いたと連絡があったのだ。

「みなさん、こんにちは。わたしは小山田美由紀といいます。今日はわたしが子どもの頃、好きだった『ないたあかおに』という本を読みます」

一年一組のみんなに挨拶をする。木村先生は、黒板の近くの席に坐っている。太郎の席はまん中で、「ママー」と声には出さないで、手を振っている。歯が欠けている。シラミ退治をした坊主頭で、にこにこしている。

心のやさしい赤おには村の人と仲良しになりたいと思いました。でもみんなこわがってしまう。そこに友達の青おにがやってきて、自分がわざと暴れるから、赤おに君、ぼくをやっつけろと言いました。

読み進めていくうちに、太郎はふらふらと前のほうに歩いてきてしまう。

(太郎、太郎だめだよ。ちゃんと自分の席に坐っていなさい)

ぼーっと立ったまま、また「ママー」と声には出さないで、手を振って笑っている。

「おい、坐れよ。見えないだろう」

そう言って、後ろの子が太郎の頭を、ぱかーんと音がするほどたたいた。

(あっ、ちょっと。うちの子が悪いけれどそんなにたたかないでよ)

わたしは読みながら、気になってしまう。でも太郎は平気な顔で通路に体育坐りをしたまま、わたしを見て手を振っている。

(太郎、痛くないの。平気なの。太郎はそんなにママが来て嬉しいんだね、ママは太郎がそんなに喜ぶとは知らなかったよ)

赤おには、人間とすっかり仲良く過ごして、ふと気が付くと、長い間青おにに会っていない。どうしたんだろうと、青おにのうちに行ってみると、戸口のところに紙が貼ってある。それは青おにが赤おにに宛てた手紙で、君はこのまま人間と楽しく仲良く暮らしなさい、この山を出て行くことにきめました、「ぼくは、どこに　いようと、きみを　おもって　いるでしょう。きみの　だいじな　しあわせを　いつも　いのって　いるでしょう。さようなら、きみ、からだを　だいじに　して　ください。どこ

までも　きみの　ともだち　あおおに」と書いてある。

「あかおには、だまって　それを　よみました。三ども　四ども　よみました。『あ、あおくん、きみは　そんなに　ぼくを　おもって　くれるのか。』」

あれ？　嫌だ、どうしよう。わたし、声が震えているじゃないの。涙が出てきた。鼻水も出てくる。あ、本当にどうしよう。わたし、泣いている。嫌だ、泣いているじゃないの。

そう思った時、太郎が、

「ママ、泣くな」

と、走ってわたしの黒いパンツをはいた脚に飛び付いた。坊主頭をそっと触る。

「ごめんね、太郎、ごめんね。太郎はこんなにいい子なのに。全然わかっていなかった。ママがみんな悪い。ママは悪いママだった」

わたしは、そのまま太郎を抱いてしゃがみ込み、ごめんね、ごめんねと泣き崩れ、授業開始のチャイムが鳴ってもなんだかもう動けなかった。

長生き奥さま

ゆうべのうちに、スパラキシスの球根が入っている白い箱を下駄箱《げたばこ》の上に置いておいたのだ。今日やるのは、とにかくこの球根を植えるということ。はい、それが今日の目標です。

朝、トイレのために上からおりてきて、ひょいと玄関を見たら、ぶんちゃんが、やっぱりこっちを見て、はぁはぁ言っている。

「おはよう、ぶんちゃん。ちょっと待っててね。今、お支度してくるよ」

ぶんちゃんは、拾ってきた茶色い雑種の犬で本当の年はよくわからない。六歳から七歳。男の子。ぶんちゃんが人間なら、今年四十一歳になる夫の荘一《しょういち》より上なのか下なのか。この間聞いたのに、また忘れてしまった。しっぽを力強くぶんぶんと振ってわたしを見ている。スパラキシスの球根は、たぶん生協の個人宅配で十一月頃に届いていたはずなのに、どういうわけか（本当にどうしてなのかわからないけれど）、きのう石けんを探していた荘一が洗面台の下から、「のんちゃん、何これ」と言って、出してきた。

洗面台の下って温度が一定なのだろうか。白いネットにびっしり入っている親指大の球根には、もう薄いレモンイエローの芽が八ミリくらいはえていた。箱の底には「球根・スパラキシス、三十個入り」とシールが貼ってある。

「スパラキシスの球根です」

今、わたしにもわかりました。

「どうしてここにあるの」

「どうしてかな。植えるまでに暗い所にしまっておかないといけないと思ったからかも」

「じゃあ植えなよ」

「うん」

「忘れちゃったの？」

「ごめんね。そうみたい」

「もうしょうがないな。で、スパラキシスってどんな花？」

「えーと」

そうだ、わたしだってよくわかっていなかった、ということを思い出した。毎週木曜日に届く生協のカタログには、パステルカラーのいろいろな花の写真が出ていて、球根を三十個も植えてみたら、にぎやかでいいだろうなあと思って注文したのだった。そうだった、そうだった。

「スパラキシスはね、きれいな花が咲きます」

「そう」

荘一が言ったこの「そう」には、「はいはい、わかりましたよ。もう何も言いませんよ」という、ややうんざりしたニュアンスが込められている。結婚して十三年になるのだから、わたしにだってすぐわかるし、ここは黙っていたほうがいい。会社から帰ってきた荘一は、お風呂掃除がうまくできないわたしを知っているから、自分できれいに掃除してわかしてくれる。だから、荘一が夜遅かったり、出張で家にいないと、わたしはシャワーだけで済ます。それでちっとも困らない。

箱の中に入っている説明書を読んでみると、本当は十一月から十二月の間に植えないといけなかったみたいだ。はぁ、球根には悪いことしてしまった。君たち、暗い場所に置かれたままだったのにやっぱり芽を出したくなったんだねえ。一月も松が取れた今頃に植えるって、どうだろう。間に合うのかなぁ。暖冬だし、今から植えれば挽《ばん》回《かい》できるかもしれない。

「なんでもやってみなくちゃわからない。だから、やる」が、最近のわたしのポリシーなので、一月《ひとつき》遅れだけど球根を植えようと思ったのだ。

今、うちの玄関では、葉桜が見頃だ。こんな言い方っておかしいけれど、お正月に生けた桜の枝が、葉桜になった。これはこれで、冬に見ると若葉の色もなんだかきれいに見える。それに、ガラスの花瓶の水換えをする時、ばらばら花が落ちてこないのが楽でいい。

そして葉桜の隣にあるのが、「贔屓《ひいき》」の置物だ。去年の十二月に買って玄関に置いたのに、荘一は一週間、全然気が付かなかった。

「荘ちゃんは、もう、ちっとも気付かないね。ほら、これ見てよ」

会社に行く荘一を見送る時に、言った。

「えっ、なんだよ。あれ、のんちゃん、なに、この変な亀」

子どもがいないからか、わたしたちは、お互いを荘ちゃん、のんちゃんと呼んでいる。私の名前は、のぞみという。

「亀ではありません。これは、龍《りゅう》の九人いる子どものご長男で、贔屓といいます。龍と亀の子どもで、家の守り神だって」

「ふーん、これ、どうしたの」

「上野の国立博物館の『仏像展』に行った時、帰りに買ったの。中国の売り子さんでね、『これで最後だから、少しおまけね』って言って、おまけしてくれた」

「そういうのが、中国人のやり方なの。きっとまだこの亀、売ってるよ」

「もう、展覧会は終わりました」

どうも荘一には、だいたい人の話を素直に聞かないところがある。荘一に言わせれば、わたしは単純過ぎるらしいけれど。

「まぁ、神様ならなんでもいいじゃない」

荘一は、贔屓の甲羅の上に彫られている「壽」という字を見て言った。

「うん、そう思って」

「この神様、いくらしたの」

「それが八千四百円」

「へぇ、案外するんだね」

贔屓がのっている木製の台は、黒檀《こくたん》でできていて、これも四千円近くするなんて、荘一には言えないことなのだ。

「まぁね。青銅でできているから」

台とあわせて一万円と千円という値引き価格を、わたしはあの時、いいと思った。神様があんまり安いというのも良くないような気がしたのだ。荘一は、ふーんと言って、じゃあ行ってくるよ、と出掛けて行った。外の小屋にいるぶんちゃんにも、行ってくるよ、と言ったのが、うちの中のわたしにも聞こえた。

六時になると、ぱっと目が覚める。あっ、朝だと思うと、それだけでまず嬉しい。カーテンの外が晴れていても、雨の音がしていても、同じようにそう思う。体に痛いところはどこにもない。良かった。そう思って、もう一度だけ目を閉じて、うーんと布団の中で伸びをする。隣の布団で、荘一は水色のネルのパジャマを着てまだ寝ている。荘一を起こさないように、そっと身を起こす。わたしの新しい一日のスタートは、こうして静かに始まる。下のトイレに行って、玄関にいるぶんちゃんに挨拶をする。

三年前に、飲料会社に勤める荘一の転勤で神奈川から越してきた。今住んでいるこの家は、二棟続きの古いテラスハウスだ。この辺りはマンションばかりで、犬のぶんちゃんも一緒にいられる賃貸物件はなかなかなかった。十一軒めの不動産屋でもだめで、この日はあきらめて帰ろうと車を走らせていた時、一本道を入った所にあったこの家と「空物件」という看板を見つけたのだ。隣には、年輩の大家さんご夫婦が住んでいる。

ぶんちゃんに挨拶した後は、贔屓の前に置いた切子のショットグラスの水を新しくする。そして、「今日も一日お願いします」と、少しだけ心の中で祈る。自分で買っておきながらこう言うのも何だけど、贔屓は親の龍にくらべてずい分不恰好《ぶかっこう》に見える。短い手足で、どんこのようなどっしりとした甲羅を背負い、頭だけがはっきりと龍なのだ。炎のような形のしっぽも、うろこのような模様が見えている手足も、もしかしたら龍のものなのかもしれないけれど、本当のところ、龍のしっぽも、その手足もどんなものなのかよくわからない。贔屓が歩いたら、やっぱりそのスピードはのろいのだろうか。あの売り子さんは、熱心に「家のお守り神様、床の間か玄関に置くといい」と言ったけれど、こうして玄関に置いてみると、この寸詰りに見える神様には、ありがたみよりも不憫《ふびん》な感じが先に立つ。

「でも、いいよ、いいよ。縁があってうちに来てもらった神様なんだから、お願いします」

と、思う。そもそも贔屓は、わたしの隣に立っていた人が売り込まれていて、その人が買わないで行ってしまった後、セールストークに引かれて買ったのだ。第一贔屓という名前がいいではないか。神様に贔屓してもらえたら、もうこわいものは何もない。

ぶんちゃんが待っている。早く着替えないと。とんとんとんと、階段をあがっていく。

そっとふすまを開けて部屋に入る。廊下の冷たい空気が入ってこないように、急いで閉める。枕元に用意しておいた服に着替える。子どもの頃から、やたらと神経質で、重ねて置いておいた服の端がたたみの目に九十度になっていないと、気になって、何度も直したものだ。ずい分長い間その癖が直らなかったけれど、今はもう平気だ。服を左から右に横に並べている。このやり方で平ちゃらになった今の自分を、前の自分に見せてやりたいと思う。驚くだろうな。

薄手の黒のスパッツに、五本指のピンクのソックスをはく。その上に、裏にフリースが付いている茶色のコーデュロイのパンツをはく。下半身はこれでいい。上はハイネックの長袖の肌着を着て、その上にレモンイエローのタートルネックのセーターを着る。ジャケットは玄関にある。まだ外は薄暗い。さぁ、行かなくちゃ。

「のんちゃん、行くの？」

「あっ、荘ちゃん起こしちゃった？　ごめんね」

荘一が布団から、わたしを見上げている。わたしはしゃがんで、布団のえりを直してやる。

「ごはん、七時でいい？」

「いいよ。気をつけて行っておいで」

「うん。そうする、ありがとう」

「今日は、どう？」

「大丈夫。元気」

わたしは笑って立ち上がる。

「そうか。良かった。じゃあ、あと少しだけ寝かせてもらうわ」

「うん。行ってきます」

荘一は、寝返りを打って、わたしに背中を向ける。わたしは、和室のふすまを静かに開けて廊下に出る。毎日のことだけど、階段をおりる時は、滑らないように必ず手すりを使う。冬は木の手すりでも、手が冷やっとする。

ふすまの開く音を、ぶんちゃんは今か今かと待っているのだろう。玄関から、もうくんくん鳴く声が聞こえている。

「ぶんちゃん、あと少しだからね」

わたしは、ざぶっと顔を洗う。顔につけるのは、冬でもヘチマコロンとオリーブオイルだけだ。ケミカルなものはあまり使いたくない。オイルを二、三滴手に取り、顔にのばした手を、セミロングの髪にやり、二、三度くしゃくしゃとマッサージする。ヘチマもオリーブも自然のものだもの、きっと髪にもいいだろう。

狭い玄関で、それでも行ったりきたりするぶんちゃんの爪が、床のタイルをひっかいてカリカリ音をさせている。冬は寒くてかわいそうだから、こうして玄関で寝かせているのだ。

一階のリビングの扉を開けて中に入る。テレビを入れているキャビネットの左右は、飾り棚になっていて、そこには、わたしの帽子がぎっしり入っている。帽子とテレビ

が一緒になっているなんて変なのだけれど、

「別にお客さんが来るわけじゃないし、場所が空いているから、いいじゃない」

と、荘一も言うので、このままにしてしまっている。

今日はどれにしようかな。棚にソフトも、ベレーも、ニットのキャップもたくさん入っているけれど、ぶんちゃんと一緒に出掛ける時にかぶる帽子は、なんだかやっぱり同じものになる。グレーのベレーの下に、ストライプのターバンを付けたような帽子だ。これは銀座のお店で買ったものだ。ひょいとかぶって、目の上にくるターバンを無造作にもちあげるだけで、きちんと様になる。

「もしも鏡がないところでかぶっても、これならちっとも困りません」

と、華やかな笑顔で、あのお店の女主人が言った通りなのだ。フランス製で、わたしが思っていたよりも一万円高かった帽子だけれど、これをあの時買って本当に良かったと思う。

リビングの扉が、カチッというまでちゃんと閉めて玄関に行く。

「ぶんちゃん、お利口さん。もうすぐね」

玄関に置いてあるコート掛けから、クリーム色のダウンを取ってはおる。オレンジ色のマフラーを巻く。ぶんちゃんは、もう嬉しくて後脚で立ち上がって、前脚をわたしに伸ばす。

「ぶんちゃんは、これを付けようね」

　ぶんちゃんの赤い革の首輪にリードを付ける。わたしは、下駄箱からウォーキングシューズを出してはき、手には、アメリカの通販のカタログで見つけたナイロンと革を組み合わせた赤い手袋をはめる。

「ぶんちゃん、行こう」

　わたしは右手にビニール袋、シャベル、水入りの小さなペットボトルを入れたキャンバス地の小さな手提げを持ち、左手にぶんちゃんのリードを持つ。いつもこの時、ぐっと重い手ごたえが伝わってきて、わたしの朝のエンジンが正式に入ったという感じがする。鍵を開けて外に出る。ポストの下に置いた大きくて丸い植木鉢には、水色と黄色のパンジーが今日もたくさん花を咲かせていた。道路に出るまでに、ほんの少しある土のスペースには、生垣にそって水仙が二輪咲いている。これは、わたしが植えたものではなくて、大家さんか、前に住んでいた人が植えたものが増えたのだろう。水仙の長い葉が、まだいくつも伸びている。

　ぶんちゃんは、はぁはぁ言ってどんどん歩く。犬は七歳ぐらいから、老化が始まるという。ぶんちゃんは、前へ前へとぐんぐん歩くから、まだいいのかもしれない。でも、心のどこかでそのことを考えなければいけないのかも、と思っている。ぶんちゃんに引っぱられて三軒目のおうちを過ぎた時、わたしはやっと自分が左脚をいつもより引きずって歩いていることに気が付いた。ああ、そうだったと思った。

「あれ、ぶんちゃん。ママ、うっかりしておしゃれしてくるの忘れてきちゃったよ。忘れん坊は困るねぇ」

　笑いながら声に出して言ってみる。前を向いていたぶんちゃんが、振り返ってわたしを見た。

　ゆうべお風呂に入った時、シリコンでできた透明なパッドを手で洗って、お風呂場の窓のところに置いたままにしたのだった。わたしは、左のおっぱいがない。そう、乳がんで四年前に全摘出した。


　あの日、わたしは不妊の治療相談のために病院へ行ったのだ。結婚して九年になるのにわたしたちには、子どもがいなかった。このことについては、わかってはいたけれど口に出して二人で話をしたことがない。なんだか正式にその問題を直視するのがこわい、というのもその理由だった。面倒くさい、そのことは考えたくないというのも本当だし、別に子どもがいてもいなくても良かったし、子どもができないということを、病気、と思うこと自体嫌だったのだ。結婚していれば子どもがいて当たり前、という考え方がそもそも傲慢で嫌な気がしていた。わたしはそれに、ずっと反発してきたのだ。

お正月に荘一の実家に行けば、義母は遠慮がちにだけれど、必ず、「赤ちゃんは？のぞみさん、どう？」と言ったし、実家の母は、「働いてもいないで時間もあるのに、犬の世話だけしているなんて情けない」と、電話をしてくる度にそう言った。

面倒くさい。いつもそう思っていた。これは、荘一とわたし二人のことではないか。二人の間に何か苦痛があるわけでもないし、子どもが欲しくて欲しくてたまらないわけでもない。子どもを産んで一人前などというけれど、それなら、わたしの親は一人前なのだろうか。それほど、わたしを大切に育てたというのか。愛の結晶などという言葉は、あまりにも恥知らずで、ぞっとする。ふん、結局は性欲の結晶でしょう。愛なんていう言葉で、ごまかさないで欲しい。はいはい、セックスはしていますよ、ご安心下さい。そんなこと、いちいちお姑《しゅうとめ》さんにご報告しませんよ、お義母さんも訊かないで下さい、恥ずかしいじゃないですか。そう答えることができたらどんなに楽だろう。わたしはいつも曖昧に笑いながら、丸いおもちの入っている白味噌仕立ての、全然慣れることのできない、お雑煮を食べるのだった。何かわたし、みなさんに悪いことしていますか。子どもができないって、そんなにまずいことですか。みなさん、なんだかわたしのせいみたいに思ってますけれど、もしかしたら、お宅の息子さんが原因って考えたこと、ありませんか。そんな言葉をのみ込みながら、荘一の両親、荘一の二つ違いの妹と一緒に食べるお節は、わたしにとってはますます体を悪くするような食べ物でしかなかった。

それでも病院へ行ったのは、生理が終わって十日後ぐらいから不正出血が二ヵ月続いたからだった。こんなこと初めてで病気だったらこわいし、ここ何年も婦人科に行っていなかったから、三十も過ぎたのだからと一度ちゃんと診《み》てもらう気になったのだ。

婦人科なんて、学生時代に生理痛の薬をもらいに行って以来のことだ。どこへ行けばいいのかわからないから、電話帳の広告を見て、女医と書かれている病院へ行った。待ち合い室は、白とオレンジで統一されて明るい雰囲気だった。白衣ではなくて、ナースはピンクのユニフォームを着ていた。

「岡部さん」

と、名前を呼ばれて中に入った。先生はぽっちゃりとした五十代と思われる人で、パーマ気《け》のないさらさらの髪を、肩までのセミロングにしていた。

「今日はどうしました?」

先生は、あらかじめわたしが書いた問診表を見ながら訊いた。問診表には、生理の始まった年齢、初産の年齢、出産回数を書く項目もある。先生は丁寧に話を聞いてくれ、内診が済むと、不正出血の原因を知るために一ヵ月分基礎体温表をつけてきて欲しいこと、それを見てから子どものことを含めて、今後のことを考えましょう、と言った。

「岡部さん、今日はせっかくですから、念のため胸も見ておきましょうか」

と、先生はおっしゃったのだ。背中が冷たくないようにと、クリーム色のタオルシーツがかかったベッドの上で、先生に触診されている時、

「岡部さん、この左胸の奥にあるしこりですけれど、いつ頃からありますか」

と訊かれた。しこりがあることも知らなかった。えー、いつ頃と言われてもね。そんなに何度も自分の胸を触っているわけでもないし、だいたいいつもこんな感じなのだった。生理のまん中辺で、胸が張ってくる時って、みんなこうじゃないだろうか。みんなと言っても、本当は他の人のことなんてわからない。ことにわたしにはそんなことまで話せる「女友達」は、一人もいないのだった。だいたい友達って、どうやって新しく見つけるものなのだろう。会社員でもなく、子どももいない、ただ一人昼間家で過ごすわたしには、それが大きな謎だった。そもそも友達って必要なのだろうか。結婚している今、荘一になんでも言えるし、それでわたしは事足りているのだ。短大卒業後、銀行に勤めていた。ライブハウスで荘一に声を掛けられ、それがきっかけで付き合うようになり、すぐに結婚した。仕事には別に何の未練もなかったから辞めたし、別に銀行のほうだってわたしにずっと勤めて欲しいわけでもなかった。

こうして、不正出血のほうは、ただのホルモンの乱れとわかり、胸のしこりは、こ

のクリニックから紹介された大きな病院の乳腺外科で、マンモグラフィ、マンモトームで調べ、はっきりがんと告知されたのだった。

「この大きさになるまで、十年かかります。これまで全く気が付かれませんでしたか」

「ここまでになってしまうと、残念ですが左胸を摘出するしかありません」

わたしにこう告げた男の先生の眼鏡のフレームは茶色だった。右眉のところに大きなほくろがあった。わたしは検査の結果を一人で聞きにいった。家族を連れてくるようにとも言われなかったから、しこりがあったとしても、それは一人で結果を聞いて何らさしつかえないものだと思っていた。まさか、そんなことを言われるとは思ってもみなかったのだ。

自分の体に起こったことを、信じられなかったし、信じたくなかった。会計を済ませ、立っていられなくて一度ソファに坐って、じっとしていた。やっとの思いでゆっくりと立ち上がり、そしてまたゆっくりと外へ出た。芽がふいたばかりの柳が風に揺れていた。こんな大事なことを、あんな風に言わなくてもいいのに。がんなんて、もっと年を取った人がなるものだと思っていた。なんで、わたしががんにならなくちゃいけないの。わたしはまだ三十二歳なのに。なんでわたしは、がんなんかになっちゃったのよ。十年前からわたしは、がんだったというわけなの。そんなこと全然気が付かなかった。どこも痛くなかった。それなら結婚する前から、がんが体にあったということなの？　健康診断は銀行であった。血液には何も異常はなかった。それだったら別に、こんな胸をはさんで調べる検査なんて誰もするわけないじゃない。何なのよ。子どもどころの話じゃないじゃないの。どうして誰も気が付いてくれなかったの。どうして誰も言ってくれなかったの。わたしは死んじゃうんだ。わたしはがんなんだ。わたしおっぱい、ひとつ切らなくちゃいけないんだ。怒りがわいてきた。悔しさも、悲しさも、こわさもわいてきた。

でも体のことは言われていたのだった。「一度病院に行ったら」と、義母にも、そして母にも。何度も何度も言われてきた。言われても行かなかったのは、このわたしだ。自分の体は自分で守るなんて、当たり前のことだったのに。わたしは子どもができないだけで、あとは何の問題もないと思っていたのだ。玄米を食べなかったから、わたしはがんになったのか。牛乳も好きだし、甘い物も食べる。酒も飲み夜遅くまで起きている生活をしていたから良くなかったのか。そんなことをしている人は、他にいくらでもいるではないか。それなのに、なぜこのわたしなのか。

わたしは自分が平凡な暮らしをしていくだろうと、ずっと思っていた。短大を出て、適当に勤めて結婚できればそれで良かった。子どもはいてもいなくてもいい。わたしには大した望みもなく、こうやって夫の荘一と一緒に暮らして、ただ年を取っていくだけで良かった。がんという病気も、もはや「平凡」に入るくらい普通の病気なのか。わたしにはそうは思えなかった。そんな大袈裟《おおげさ》な病気になるのは、誰か他の人なのだった。誰かの知り合い、誰かのお父さん、誰かの奥さんであり、決してわたし自身ではなかったはずだ。わたしは病院を出て、柳の並木を歩き、ああ荘一に言わないとと思い、まず言わなくてはいけない人が、夫の荘一なんだと思い、わたしにはあの人しかいないのに、きっとわたしはあの人を残して先に死ぬのだ、あの人は一人になるのだ、わたしはもういない、と思って、電話をする前にその場にしゃがみ込み、「うーっ」と大きな声を出して泣いた。

泣いても泣いても泣き切れなかった。本当は道に倒れて、そのままいくらでも泣いていたかった。道を歩く人は、わたしをよけて歩いているらしかった。誰もどうしたの、大丈夫ですか、とは言ってくれなかった。誰も誰も、そんな優しい助けてくれる人はいないのだ。わたしは一人ぼっちなのだ。

「どうしましたか」

パタパタと足音がして、ふと目を上げるとサンダルをはいた女の人が走ってきた。誰かが病院の人に言ってくれたのかもしれない。病院のネームの入ったユニフォームを着た女の人が声をかけてくれたのだ。

「あの、わたしは、がんなんです。さっき先生にそう言われました。乳がんです。左のおっぱいを取らなくてはいけないって。すみません、助けて下さい。助けて下さい。お願いです、わたしを助けて下さい。わたしはまだ三十二歳で死にたくないんです。どうか助けて下さい」

わたしは助けて助けてと泣きながら、その女の人にしがみついた。恥も外聞もなかった。今までそんなことを他人に言ったこともなかった。その女の人の体は、むっちりと大きくて柔らかく、抱きつけば、あたたかくて湿った熱がわたしに伝わった。思えば大人になってから、わたしは大人の女の人に抱きついたことがなかった。

「まあ、かわいそうに。それはつらかったでしょう。ちょっと病院で休みましょうか」

その人に背中をさすられ、わたしはぽたぽた泣きながら歩いた。化粧が崩れ鼻水が出ても、構わなかった。

「大丈夫ですよ、乳がんだからってすぐに死ぬ人なんていませんから。むしろ今病気だってわかって良かったと思って下さい。そうじゃなかったら、乳がんだって知らないまま普通に過ごしちゃうところだったんですよ。病気は本当にお気の毒だったけれど、治療するチャンスを与えられたと思って下さい。うちの病院にもね、そういう患者さんがたくさんいますよ。大丈夫、あなたは一人ではないです」

そう言われても、わたしは「はい」とも何とも言えず抱きかかえられたまま、病院に戻った。廊下の奥にある個室に案内され、ベッドに横になった。

「どなたかに、ご連絡しますか」

「はい、夫に連絡していただいていいですか」

その人のネームプレートには、「増田」とあった。

「ご連絡しますから、ここにお電話番号を書いて下さい」

「はい」

バッグから携帯電話を出し、荘一の電話番号をメモに書き増田さんに渡した。

「気分は悪くないですか」

「はい。大丈夫です」

「何かあたたかいものでもお持ちしましょうか」

増田さんは、わたしの目を見て言った。学校の給食室にいそうな、がっちりとした体格だ。化粧気のない顔は、色艶が良かった。健康でいかにも、まともな人生、まともな生活をしている人に見えた。

「紅茶をいただいていいですか」

「ええ、お持ちしますから、待っていて下さい」

あの日、わたしは増田さんの淹れてくれた紅茶を飲み、迎えにきてくれる荘一を待った。部屋に案内された荘一は、笑って、

「のんちゃん、どうしたんだよ。そんな所に寝ちゃって」

と、言った。荘一は何も知らなかった。ライブハウスでわたしをナンパした荘一。鶏《とり》の空揚げが好きな荘一。高校生の時、ラグビー部にいた荘一。子どものことを親から言われると、のんちゃん気にするな、とだけ言う荘一。

「荘ちゃん、わたし乳がんだった。左のおっぱい切らないとだめだって、先生に言われたよ」

「えっ、何だよそれ。お前、何言ってるんだよ」

荘一の目からいっぺんに涙がぶわっと盛り上がって、両方の目から流れ落ちた。それを見ただけでもわたしはこの人と結婚して、本当に良かったと思った。


わたしは時々、なくなった左のおっぱいのことを考える。二つあった時、わたしどうだったかな。恰好良かったかな。昔撮った写真をじっと見る時がある。こんな服を着ている時のことじゃなくて、わたしの小さかったけれどぷりんとしたあのおっぱい、どうだったっけ。わたしのあの二つのおっぱいは、荘一の記憶の中に預けてあるのだ。そう思えばいいかと思う。朝と夜、ぶんちゃんの散歩に出ること。二週間に一度抗がん剤の点滴を受けにいくこと。毎日何か一つ、その日にやることをはっきり意識すること。こうやって、わたしは日々を過ごしている。

ぶんちゃんは、きっともうすぐ七歳になる。この間、本で調べたら、年を取って体がきかなくなった時のために、室内排泄《はいせつ》も訓練しておいたほうがいいとあった。犬ってだいたい十四年も生きないらしい。ぶんちゃん、それは本当なの？　そんなこと、知っていた？　ぶんちゃんは偉いなぁ。自分がいつまで生きるかなんて、全然知らなくても平気で毎日元気一杯だもんね。

わたしね、いつも考えているの。ぶんちゃんとママとパパ、なんとかこうしてずっと一緒にいられないかなぁって。ぶんちゃんが年を取って脚が動かなくなってもちっとも構わない。ママがいい手押し車を探して買ってあげる。だからぶんちゃんはそれに乗って、またママと大好きなお散歩に行けばいいじゃない。ぶんちゃんは、ママとパパが泣きながら病院から帰ってきたら驚いて、涙をなめてくれたね。どんどん泣いても、ずっとなめていてくれたね。大事なぶんちゃん。ママ、がんばるからね。ずっと、がんばっているよ。ごはんもよく噛《か》んで食べる。なるべく早く寝るようにする。いいと思ったことは、なんでもやってみる。自分でだめだなんて、決めないから。そうやってね、今のわたしの望みは長生きすることだけ。だから、さぁぶんちゃん、今日も二人で元気にお散歩に出掛けよう。

安心奥さま

今年のお正月休みは、いつもの年より長かったからよく寝た。お正月の間はお葬式がないから、仕事もない。その分、今日からは一体どれだけ忙しいだろう。そんな風に思って仕事始めの日、わたしはいつもより三十分早く家を出た。

義母は、わたしのことを「お花屋さんで働いているんですよ」と、お店のお客さんや近所の人にそう言っている。お花屋さん。まぁね、確かに社名も斎藤生花園だ。けれど、この斎藤生花園は、お葬式の祭壇専門の店で、扱う花は、主に菊と百合《ゆり》と蘭なのだ。「お花屋さん」と聞いて普通に人がイメージする花は扱わない。

義父、義母、夫の功一が三人で働くクリーニング店のカウンターの隅には、S字形にぐにゃぐにゃと蛇行したガラスの花瓶が置いてあり、その時どきの花を、わたしが生ける。この花瓶は確かフィンランドだったか、北欧の作家の物で、まだ独身の頃、デパートの催事で買ったのだ。結構な値段だったと思う。花の根元を止めるのに少し工夫がいるけれど、少しの量でも場が華やぐので、わたしは好きだ。

小学校に通う晴子《はるこ》と一緒に、七時半に家を出た。勝手口から「行ってきます」と言って外へ出ようとした時、義母が、

「栄子さん、今日は帰り、何時になるの？」

と、いつものように言った。

「はい、だいたい七時くらいには戻ります」

わたしも、いつものようにそう答えたけれど、やっぱり心の中で毎回同じことを思っている。

「すみませんけれど、これから仕事に行くのだから、今から帰りの時間なんてわかりませんよ。だいたい仕事なのだから急な用事もあるかもしれないし、帰りに買い物もするかもしれないです。何よりこれから仕事に行こうという時に、そんなこと言わないで下さい。がっくりするんです。この質問って、結局、晩ごはんは何時にしようかっていうことのために訊いているんですよね。そんなに晩ごはんのことが大事なのですか。そうですよね、きっと大事なのですよね。一大事ですよね。毎日作って下さっているんですから。でも毎日毎日出掛ける前にこう言われて、わたしはもう、切れそうなんですよ」

こんな風に面と向かって、はっきり言えたらどんなに楽だろう。この人は、この質問がどれだけわたしをうんざりさせているか、きっと知らずに一生を終えるのだ。

「そう、お勤めは大変ね。はい、いってらっしゃい」

こう言われて、やっとわたしは解放される。全く毎日毎日同じことを言って。もう五年にもなる。何時に仕事が終わるかなんて、知っているくせに。これは一体何なのだ。儀式なのか。こう言えば、この人は一瞬でも楽になるというのか。

手を握っていた晴子が、いっそう力を込めてきた。この子をこわがらせてはいけない。不安にさせてもいけない。一年三組二十番。担任は近藤尚子先生。わたしも握り返す。おばあちゃんはママが何時に仕事が終わるか知りたいの、それは、みんな一緒にあたたかいごはんを食べるとおいしいし、楽しいからね、ママがお花屋さんから戻ってきてからごはん作ると遅くて、晴子は、おなかぺこぺこになっちゃうでしょう、おばあちゃんは優しいね。そういうことが晴子に伝わると良いと思うけれど、それはわたしだけの問題ではない。

「晴子、行こうか」

「うん」

わたしの顔を見て、にいっと笑う晴子。今、前歯が一本抜けているから変な顔に見える。目のまわりと、口のまわりがうっすらと赤い。かさかさしている。色白な分、この薄い赤さが目立つように思う。アレルギーとアトピーがあるのだ。もし、この子が、よその子だったら、この子の第一印象は、きっと「あれ？」ということだろう。

でもわたしは、この子の親だからそう思ってはならない。

「かゆかゆのお薬、ランドセルに入れた？」

「うん。チャックが付いている小さいところに入れた」

「じゃあ、行こうね」

朝食の済んだ夫の功一が、自分の使った食器をシンクのところまで運んできた。

「晴子、お母さんと一緒で良かったな」

「うん」

「車に気をつけて行くんだよ」

「はい、行ってきます」

わたしは功一を見る。功一も、わたしを見て、黙ってうなずく。功一の後ろ、奥の和室では、義父に義母がお茶を淹れているところだった。ＢＳで、朝の連続ドラマが始まっていた。

かちっと、勝手口のノブをつかんで外に出る。外。ああ、ここからはわたしは何でも自分のペースで動いていけるのだ。いつも、ここで伸びをしたくなる。でも、伸びの代わりに、わたしはここで一度空を見る。

わたしがあの時、好きになった男は、居酒屋で働いているけれど、本当は劇団員、という男だったのだ。せっかく大学も卒業したというのに就職はせず、人生は一度きり、自分の夢をできるところまで追いかけたい。そんな「いかにも」なことを言っていた。

　わたしは、といえば、美術系の短大を卒業した後、昼間は駅ビルの中に入っているフラワーショップで働き、夜はイラストレーターになるための教室に通っていた。花を扱うことは、イラストの勉強になると思っていたし、イラストの勉強をしていることは、フラワーアレンジメントにも役に立つとも思っていた。本当のところは一体どうだったのだろう。

　夢。この言葉を聞いたり、見たりすると、「全く何を余計なことを」と思う。幼稚園や小学校はもちろんのこと、中学校、高校になっても、教師は生徒に将来の夢は何かと訊く。お嫁さん。お母さん。保育園の先生。学校の先生。看護婦さん。ケーキ屋さん。野球の選手。サッカーの選手。こんな現実味が全くない夢を教師は親に聞かせるためだけに質問するのだ。夢が無邪気なうちはにっこり笑って、夢に向かってがんばりましょうと言うのだ。

　夢を持つこと、夢を見ること。これは一体何歳まで許されることなのか。公務員や会社員になることが夢だと、小学生が言えば、「今時《はたち》の子どもはそんな夢のないことを言うなんて」などと、がっかりするくせに、二十歳近くになって具体的な夢を口にし出すと、いつまでも訳のわからない夢を追いかけていないで、いい加減に落ち着かないと、と必ず言うではないか。夢なんか持たないほうが楽に生きていける。こんなもの、無くても普通に生きていけるのに、なんで勝手に湧いてきてしまうのだろう。人間にとって結局夢は身を滅ぼすこともある猛毒だと、わたしは思う。

それでもわたしが夢から覚めることができたのは、二十六の時だった。その頃わたしは、身分はアルバイトのまま、フラワーショップの店長になり、下には二人のアルバイトがいた。イラストのほうは、三年間少人数制の教室に通ったけれど、それだけでは当然ながら仕事には何も結び付かず、自分の店で黒板やポスターに絵を描くだけだった。それは素人《しろうと》よりはほんの少し上手で、でもプロにはなれないレベルでそのことは自分がよくわかっていた。仕事上の責任が増えれば、その分忙しくなり、週一回の教室にも通えなくなり、何より毎週の課題も満足に描けなくなった。

疲れてくると、夢はとたんに憎しみの対象になり、日々をうっすらとした怒りに包まれて生きることになる。わたしはそれを、一日中音楽が流れ、ざわざわと人が行進して通り過ぎていくあのほこりっぽい駅ビルの店で、体全部で知った。

絵はちっとも上手にならなかった。やっていることが正しいのか間違っているのか自信が持てなかった。こんな風に描きたい、という気持ちが薄れ、こういう風に描けばほめられるのではないか、と思うようになった。そのうちそれすら思い浮かばなくなり、何をやれば良いのかも、もうわからなくなった。わたしは、わたし以外の人たちに常に後れを取っていて、どの人の絵もわたしにはない才能と発想で満ちあふれていた。個性、才能、感性。なぜそのようなものが、自分にもあると勘違いしてしまったのだろう。何の根拠もないのに。努力すれば必ず夢は叶《かな》う。雑誌には、そんなことを誇らしく言う人が出ているけれど、それならわたしは努力が足りなかったというのか。

フラワーショップの仕事もそうだった。働けば働くほど仕事は増え、わたしは磨《す》り減った。花は確かに好きだった。きれいだし、嫌いな人も少ないことだろう。きっとどんなこともそうなのだろうが、仕事になるとまた別だった。水の入った容器ごと花や枝物を移動させるから、腰がすぐに痛くなった。水を使う仕事は想像以上に多く、いつも手は荒れ、一年を通じてあかぎれがない時はない。足先は、いつも冷えた。

中に入ってしまうと、花はリスクの大きい商品だった。しおれる前に売らなくてはならないため、サービスブーケばかりが多くなり手間の割には売り上げは伸びない。きれいなものは、あると嬉しいけれど、なくても人は、ちゃんと生きていけるのだ。花は正にそんな商品だった。

アルバイトの二人は、お互い仲が悪く、協力して気を利かして動くということを、全くしなかった。あれはわざとしていたのだろうと思う。フラワーショップで働くというのにスキルもなく、また身に付けようという意欲もなかった。そのため、アレンジの注文は全てわたしが引き受けることになり、その間のブーケ作り、掃除、花の下ごしらえという仕事は結局滞り、人数がいるというのに、わたしばかり忙しかった。

　これは一体何だろうと思った。売り上げの上下に責任はないものの、店長といってもただのアルバイトに過ぎないわたしが、こんなに全部を背負わなくてもいいのではないか。わたしのように、何もかもできる人間がいれば、オーナーにしてみれば安く使えていいだろうけれど、この店はわたしの物ではないし、わたしだっていつまでもアルバイトでいるわけにはいかないのだ。磨り減るばかりの疲れた時間の中で、はっきりわたしが決めたこと。それは、見た目が派手な仕事はもう嫌だ、ということだった。個性、才能、感性、自分にしかできない表現。そんなことは、もう結構だった。地道で地味な仕事を一生懸命したいと思った。これさえやっていれば心配ないのだ、と安心しながら働ける立場になりたかった。だから、斎藤生花園に就職できた時は嬉しかった。お葬式がなくなることは絶対にないからだ。

　功一は、同じ駅ビルの別のフロアーにある居酒屋で働いていた。それまで仕事帰りに、従業員用の通用口や、エレベータの中で一緒になることはあっても、親しく口をきく機会はなかった。ある時、一万円の予算でアレンジメントを頼みにきた。それを申し訳ないけれど、夕方、店が始まる前に届けてもらえないだろうか、とも言った。

アレンジメントは、花を贈る相手や目的によって仕上がりのイメージを掴む。

「あの、差しつかえのない程度で結構ですので、お使いの用途を教えていただけますか？」

あの日も、わたしはそう言ったはずだ。

三歳の娘のお誕生日のお祝いだから、かわいらしい花に。交通事故で入院している友達のお見舞いに使いたいので、匂いのあまりしない花で。新聞の俳句欄に友達の句が入選したので、そのお祝いに。定年退職する上司に贈りたいので。わたしは、それまでたくさんのアレンジメントを作ってきたけれど、彼に頼まれたアレンジメントは、これまで作ったことがないものだった。

その花は、自分の劇団の先輩に贈るのだと居酒屋の店員、古川功一は言った。

「先輩、今度、退団するんで、今日うちの店でお別れ会をするんですよ。それで」

わたしは、黙ってその先を待つ。

「まあ、しょうがないんですけれど、一緒に暮らしている彼女が妊娠して、結婚するんです。三十二ですしね。もういい年だし。役者やっていても、今まで芽が出なかったんだから、もうこの先何かあるわけないって、彼女と一緒に実家に帰って新聞販売所を継ぐんですよ。祭りは終わったってことです。今日はその会で、その彼女も来て、お祝いっていったらお祝いなんだけど、なんて言うか、ぼくらからしたら明日は我が身というか、いいやそんなことはないって思いたかったり、それでもやっぱりそれが落とし所かと思ったり。そういう花なんですけれど、お願いします」

　そう言って、功一はすべすべした茶色の革の財布から二つに折った一万円札をわたしに出した。

「あ、もし良かったら会に来て下さい」

「えっ、だってそんな大切な会に、わたしなんて行けないです」

「いいんですよ。人数が多ければ多いほど先輩も彼女も嬉しいし。人助けみたいなものだと思って来て下さい。すみませんが会費は二千円いただくのですが、うちは牛肉のビール煮がうまいですから食べに来て下さい」

　そして、劇団の主宰者の名前をあげて、

「もし、嫌いではなかったら顔でも見に来て下さい」

とも言った。その人は数年前に大きな賞を受賞した人で、新聞に人の好《よ》さそうな笑顔の写真が出ていた。

「あの優しそうな背の高い方ですよね」

　わたしがそう言うと、功一は真面目な顔で、

「あれは写真を撮る時だけにする顔です。背が高いことや性格は、一切自分の芝居には関係ないと言って、取材に来た女性記者にどなって泣かせたこともあるんですよ。

ですから、来て下さってもそれだけは本人に言わないで下さい」

「あ、そうなんですか」

それでもこの人は、わたしに会に出ろと言うのだろうか。

「それでは、すみませんが花は五時に。ご自身は八時に店にいらして下さい。みんなで待っています」

そう言って功一は、にっこりした。

あんな風に言われて、一体どんな花にすれば良いのだろうか。単純に失意のうちに、故郷へ帰るというものでもないのだ。みんなこうなると、薄々わかっていたのではないか。ピリオドを打つことで、いつ叶うかわからない夢のために、もう時間もエネルギーもお金も使う必要がなくなるのだ。ほっとしたことだろう。わたしは自分の掌《てのひら》をぱっと開いてじっと見た。白くてかさかさしていて筋ばっている。この手で掴めるものって、きっとたくさんはない。わたしは、はっきりそう思って自分の手を見た。

花は約束の時間までに届けたけれど、わたしは結局会には行かなかった。あんな風に誘われても、やっぱり知らない人ばかりの中に一人でいるのが苦手だったし、お芝居をしているような人たちと一緒にいて、どう振る舞えばいいのかわからなかったのだ。明るい華やかなことは、遠くから見ているだけでいい。

頼まれたアレンジは、花びらのふちが濃いピンクで、あとはクリーム色というバラと、オレンジのバラをメインに。レースフラワー、ポンポンマムという丸い菊で勢いのある元気な感じにしてみた。きっとこれまでも一生懸命やったのでしょう？　今度は、これから先のために、安心してがんばって下さい。そんな気持ちで作った。

「来て下さると思っていたのに、残念でした」

そう言って、功一は次の日店にやってきた。

「ああ、すみませんでした」

わたしは黒板に向かってバラを描いていたところだった。今日はピンクローズがたくさん入ってきたのだ。

「風水では、今年のラッキーフラワーは、なんといってもピンクローズ。愛情を豊かにしてくれて、あなたの運気をさらにアップしてくれます。白い花と組み合わせると、よりパワーが強くなりますよ♡」

ピンクのチョークでバラを描いた。

「あの、余計なことだけど」

「はい？」

「このピンク色のバラを売るんでしょう？」

「ええ、そうです」

「そうしたら、バラはもうここにあるから、黒板にはバラを描かなくてもいいんじゃないですか?」

ああ、確かにそうだ。本物のバラがここにあるのだから、何もわざわざ絵にすることはない。わたしはキャラメルの箱ぐらいの大きさの黒板消しでバラを消した。

「こういうの、チョークアートっていうんでしょう」

「そうなんですけれど、わたしのはそんなに本格的なものではありません」

「でも、うまいですよ。どうして、こんな風に描けるんですか」

「わたしは絵が好きで、今も仕事の後、イラストの勉強に行っているんですけれど、なかなか芽が出なくて」

指についたチョークの粉を払いながら言った。

「好きなものは仕事にするなって、ぼくもオヤジにさんざん言われましたよ」

功一は、わたしを見て笑う。

「このピンクのバラは、運気をアップさせるんですか?」

「と、有名な風水の先生のご本には書いてあるのですけれど」

わたしも笑ってしまう。この人は笑うと、両方のほっぺたに、えくぼができる。白いコットンのシャツは、ほどよくくたびれていてすうっと伸びたジーンズは、すり切れておらず清潔な感じがする。ドクターマーチンの黒いブーツをはいている。

「男にも、ききますか?」

「ええ、ききますよ。ばっちりです」

「それなら、えーと、一本いくらですか？」

「今日は、これお安いです。税込みで一本百円です」

「あ、それなら二本下さい」

功一は、ジーンズのおしりのポケットから、あの茶色の財布を出した。

「プレゼント用ですか？」

「いえ、自宅用です」

それならと、ゴムでまとめて店の名前が入っている包装紙でくるんだ。

「二百円です」

はい、と功一は百円玉を二枚わたしの掌にのせ、花の包みを受け取ると、根元のゴムをほどいてしまい、包みの中からバラを一本抜いてしまった。

「これを、あなたに」

そう言って包装紙にくるんだバラを、わたしにくれた。えっ、と思った。

「ぼくは、こっちをいただいていきますから。愛情豊かに、運気アップですよ。お花屋さんて、ご自身はお花をプレゼントされることがあるのかなぁと、前から思っていました。だから」

そう言って、功一は、仕事があるからと店を出て行った。あらまぁ、と思った。なんだかイタリア人みたいと、本当は、イタリア人のことなんて全然知らないけれど、そう思った。それに、やっぱりお芝居をしている人って、芝居じみたことを平気でするんだなぁなんて、感心してしまった。わたしは功一がくれたピンクローズを、カウンターの中にしまい、ああ、そうだ黒板には白いシャツの男の子が、女の子にハートを渡している絵を描こうと思った。

バラのお礼にと、仕事の後、功一の働く居酒屋に行き、わたしたちは仲良くなっていった。ピンクローズが運気をアップしてくれたのかどうかは、わからなかったけれど愛情豊かに、というのは当たったのだ。

いかにもなことを言っていた功一だったけれど、実はとても冷静だった。クリーニング店を営む両親との約束で、二十八歳までにテレビドラマに出られるぐらいの俳優になれなかったら、すっぱり退団することになっていて、本当にそうしたのだった。劇団に所属しながら、いろいろなオーディションも受けたけれど、一番メジャーと言える仕事は、風邪薬のコマーシャルで冒頭に出てくる、スーツ姿でくしゃみをするサラリーマンの役だった。わたしは、その風邪薬を出している製薬会社に電話して、コマーシャルはいつ流れるか教えてもらい、録画した。功一のやった風邪ひきサラリーマンは、「ああ困ったなぁ、こんなにくしゃみが出るのに、今日は大切な会議があるから会社を休めないよ」という誠実な感じが、くしゃみをした後の困った顔によく出ていると、わたしは思った。
「まあ結局、俳優になる才能がなかったっていうことなんだな。もう十分やったから
いいよ。人っていろいろ才能があると思うけれど、一番大切な才能って、『ああ、俺
はこの仕事には向いていない』って、自分を見限るっていうことだと思うね。その才
能が俺にはあったから、いいと思うよ」
功一は退団のお別れの会の帰り道、そんな風にわたしに言って、それを聞いてわた
しは、ああそうなんだ、この人は才能がある、生きていく才能のある人だと思い、功
一が右手に下げている、わたしが作ったお祝いのアレンジメントの黄色いポンポンマ
ムとピンクローズをきれいだな、と思ったのだった。
仕事を覚えるには二年はかかると言って、わたしたちが結婚したのは、功一が三十
歳になった年だった。わたしは功一が実家のクリーニング店に戻ってすぐに、フラワ
ーショップを辞めて、斎藤生花園の仕事を見つけた。結婚する時に、わたしもクリー
ニングの仕事をしなければならないのかなと、思ったけれど、功一は、他所《よそ》から現金
が入ってくることは大切だと言ったし、そう広くない店にわたしが入る余地はもうな
いし、何より、物事をなんでもはっきり言う義母に、「栄子さんのような人には、商
売は無理」と最初に言われたのだった。一体わたしの何を見て、そう言うのかわから
なかったけれど、わたしにとっては都合が良かった。義父は仕事一筋で、夜遅くケー

ブルテレビでやるような、昔の邦画にひょっこり出てきそうな人で、あまり自分の意見を言うことがない。それが、ずけずけ物を言う義母とあまりにも対照的で、この夫婦は昔話の「舌切り雀《すずめ》」に出てくる、あの夫婦に似ていると思った。おじいさんは優しいのに、なぜおばあさんは意地悪なのか。釣り合いがとれないではないか。おじいさんは、そんなおばあさんのどこがいいのだろうと、子どもの頃思っていた。今、目の前でこの夫婦を見ていると、おじいさんは自分のことしか考えていないし、おばあさんはたった一人で家庭を仕切らなければならなくて、頼りにならないおじいさんに怒っているのではないか、と思うのだった。

最初、わたしたちも義母たちと同居するつもりは全くなかった。うまくいくわけがないのは、はっきりしている。それでも同居した理由は、娘の晴子のアレルギーだった。その頃、わたしたちが住んでいる区の保育園では、給食は除去食にしてもらえず、親がお弁当を用意しなくてはならなかったのだ。手間のことを言っているのではない。まわりの子と全く違うお弁当を食べるよりも、本人が食べられない青身の魚や卵、豚肉、フルーツを除いた給食を食べさせてもらえれば、ありがたいことだと思ったのだ。今はアレルギーの子も多くて地域によっては差はあるものの、除去食の給食もある区が増えてきたのだ。

「全くアレルギーなんてね。うちには、そういう血の人はいないのに」

まだ赤ん坊だった晴子のほっぺたの湿疹《しっしん》を見て、あの時、義母はそう言った。「母乳の質が悪かったのかしら」とも言ったのだ。あの日のことは、決して忘れない。血だって？　母乳の質だって？　なんて下品な言い方をする人だろう。

「そういう物の言い方、よせ」

珍しく義父が、そう言ってくれたことも忘れたことはない。

「今はね、両方の親に何もなくても、アレルギーが出る子はいくらでもいるんだからね。栄子はアレルギーの勉強会にも行って、晴子のために良くやっているんだよ」

功一もそう言ってくれて、その後は、もうさすがに、言うことはなかったけれど、口に出さないだけでそう思っているのだろうな、とは感じる。

功一の妹の和子さんが家を出て、二階を改装して二世帯住宅にした。お風呂、トイレ、キッチンも一階とは別に作ったのだ。最初のうちは、一階の義母たちと二階のわたしたちは、それぞれ別に食事をしていたのに、ある時、「今日の晩ごはん、下で食べたら」と義母が言い、「あの、うちももうおかず作ってしまったんです」と言うと、

「そんなの、明日食べればいいじゃない」と、あっさり返された。

勝手な言い草に、むっとはしたけれど、義母と二人だけの食事は義父も淋《さび》しいのだろうし、功一と同じようにえくぼのある晴子をよく可愛がってくれている。それに応えようと思ったのだ。

晴子にはアレルギーがあるのだ。自分で作れば、材料から全部自分の目で確認できるから安心なのに、作って出されたものは何が入っているかわからなくて、こわい。正直に言えば迷惑でしかない。食べる前に、一度目でじーっと見て調べて、卵は使われていないか、牛乳は使われていないか、ピーナッツは入っていないか、山芋はつなぎで使われていないか、この小さなミンチには豚肉は使われていないかどうか確かめなくてはならない。それなのに、作ってもらえばお礼を言わなくてはならない。

義母は一体どこまで真剣にアレルギーをわかろうとしているのだろう。

「あら、一口くらいなら大丈夫じゃない？」

「こんなにおいしいのに、だめなの？」

「そんなに神経質だと、こっちまでおいしく食べられないじゃないの」

そう言うのなら、頼んでいないのだから勝手に作らないで欲しい。おいしく食べたいのだったら、いい加減、孫が口にしてはいけないものぐらい覚えたらどうだ。それもできないくせに恩着せがましく言うな。月に家賃と食費を含めて十万円渡してある。

「今どき、このあたりはワンルームマンションでも十万円じゃ住めないのよ」

とも言っていた。わたしは、この十万円を自分たちの好きなように使えたら、どんなにいいだろうと心から思う。毎日雑穀を入れたごはんにしたい。生協からアレルギーの出ない食材を取り寄せて、毎日食事を作りたい。わたしが功一や晴子のために料理できるのは、日曜日の朝とお昼だけだ。義母は何度も「あら、もうごはん作っちゃったわ」を繰り返し、いつの間にかこうなってしまった。

和室でみんなが揃って食事を取る時、晴子は、箸でおかずを取る度に、そーっとわたしの顔を見る。晴子、晴子、大丈夫だよ。だから、そんな風にママを見ちゃだめ。晴子がこんな風にするのを見る度、ああもう嫌だ、ばあさん、いい加減にちゃんとやれ、と思う。孫が、あんたの作る物、こわくて食べられないって。だから、もう、作るって言うな。食べてはいけないものを食べると、じんましんが出て体をかきむしることになる。もっとひどい時には、ひゅうひゅうと呼吸がせわしくなる。土曜の夜に、緊急で病院に行ったこともあるのに、なぜ一緒に食事をしなくてはいけないのか、わたしは理解できない。これは晴子の体を賭けた根競べなのか。

わたしは、この義母と一緒にいると、自分の心にどんどん酷《ひど》いものが湧いてくることが苦しい。自分はこんな人間だったのだろうかと、驚くほどだ。けれど、とも思う。なんでもずけずけと物を言い、自分の都合だけで動くこの年寄りと一緒にいれば、誰でもこうなってしまうのではないか。わたしは、いつも前向きだったし、物事は何でもいいように取ろうと意識してやってきた。けれど今、手にしているこの生活は一体何だろう。わたしがこれまで身につけてきた、物の考え方が全く通じない世界に来てしまった。それなのに、わたしがいられる世界はここしかないのだ。

じいさんもじいさんだよ。口を閉じることなく、咀嚼《そしゃく》の音丸聞こえの義父を見て思う。自分のかみさんが、こんなになるまで放っておいて、それであんたは黙って仕事していればいいだろうけれど、それならかみさん、外に出てこないように、閉じ込めておいてくれ。わたしがあんたたちの息子と結婚したからといって、なんでも思い通りにいくと思うなよ。わたしの魂を覆っている皮はとても薄い。生々しく身も蓋もない本音が、いつか噴き出してしまうだろう。

会社の昼休み、パートの人たちが言っていた。

「千の風ってあの歌ね、あれでお墓の業者がいい迷惑しているらしいよ。それにあの歌詞、よく聞いてみると、都合のいいことばかり言っているんだから。死んだら、もう黙っていろっていうの、あたりをうろうろしないで欲しい。お墓にいれば、お墓参りに行かなければいいんだから」

そう言っていた人は、確か旦那さんとうまくいっていなかったはずだ。彼女に、そう言われた相手の人は、あはは、もう岡田さんたら、と笑っていた。

ずけずけ好きなように物を言っていれば、毎日それは元気なはずだ。ああできたらどんなに楽だろう。けれどばあさん、あんただって大人だろ、一緒にいる人間のことを、一瞬でも考えたことがあるのか。逃げても逃げても、いつでも何か落とし穴がある。やっとここまで来たのに。それなのに、まだまだ嫌なことは追いかけてくる。

夜、わたしは功一や晴子が寝た後に、自分たちの二階の部屋から外を、ぼんやり見ることがある。

十一時過ぎでも、明りがついている窓がある。静かだな、と思う。この瞬間、明りの下でテレビを見たり、お茶を淹れたりしているのかもしれない。わたしは、よく目をこらす。でも明りの下で起こっていることはそれだけのはずがない。この静けさ。何よりもこの静けさが、わたしにそう思わせる。絶叫の二秒前だって、きっとこんな風に静かなはずだ。その静けさに身を浸そうと、パジャマの上にピンクのガウンをはおり、ベランダの鍵をそっとあけた。

加味逍遙散奥さま

上が一五〇で、下が九五。やっぱり高い。

「はい、もう一回ね。大きく息を吸って」

そうリュウ先生に言われて、今の日本人だったら多分誰もしないような、一本にぎゅっと細い線のように引かれた先生の眉を見ながら二回息を深く吸った。

じーっとモーターの音がして、血圧計のベルトがわたしの左腕を締めていく。

ここは、中国人の漢方医が脈を取ったり、舌の色を見て、問診しながら薬を出す薬局だ。結構な値段になるものの、わたしのような症状には漢方薬がいいのではないかなと、あたりを付け、三ヵ月前に女性誌の健康特集号を見てここに来てみた。

「今度は、一四五と九〇。少し下がったね」

先生はそう言ったけれど、下がったといっても、ほんの少しだし、この数字は立派な高血圧だ。一ヵ月前に先生が出してくれた、「血液の流れを良くする、すごくいい薬。毛沢東《もうたくとう》も服《の》んでいた」という、茶色のざらざらとした粉の薬と、「血圧、これで下がります」というオレンジに近い薄茶色の丸い薬を四粒、それから「年齢的にもいろいろといいから」と加味逍遙散《かみしょうようさん》を服んだけれど、血圧は高いままなのだ。値段の分だけ少しは効いたかと思っていたのに、がっかりした。血圧計も買いに行かなければならなかったのに、まだ買っていなかった。

「江口さん、どうして、あなた血圧下がらない？　何、心配あるの？　あなた、結婚しているね、仕事あるね、子どももいるね。とても幸せ。ここに来る患者さん、子どもいなくてお姑さんにいじめられている人、たくさんいる。でも、江口さん、なんでもあるでしょ。何、心配？」

先生は、にこりともせずに、それは中国人なら皆が持っているのかもしれない、核心部分を最短距離で刺す話し方で、わたしに質問した。

「わたし、おじいさんの血圧、この薬で下げたね。でも、江口さんの血圧、下がらない」

先生は、じっとわたしの顔を見て、目をそらさない。机の上に置かれた血圧計の隣には、一輪ざしの水仙が生けてあり、よく匂う。

最初わたしは、自分が高血圧症だと知っていてここに来たのではない。出された問診表に、

「わたしはいつもいらいらして、怒ってしまいます」

と書いたのだ。そう、わたしはいつも怒っている。怒っていない時は、怒らないようにじっと堪《こら》えているか、怒った後で、後味の悪い思いをしているか、そのどれかでしかない。はっきり言って、四月から四年生になった遊大《ゆうだい》を産んでから、ずっとこんな調子なのだ。それもこれも、名前の中に「遊」の字が入っているから、という気がどうしてもしてならない。この名前は、夫の慎二がつけたのだ。わたしは、夫が自分の名前について不満を持っていることを知っている。

「何に対しても真面目一方で、冒険も何もできずに、ちんまり生きてきた」自分が好きになれず、子ども、しかも息子が生まれたら「遊」という字を入れた名前にしたいと、わたしと付き合っている頃から言っていた。三十五近くに、文化センターの韓国語教室で慎二と知り合い、付き合って間もなくこう言われて、わたしが感激したからといって、これは責められることだろうか。

こうしてこの薬局の開店と同時に予約を入れ、リュウ先生に診《み》てもらうのにも、仕事は午前半休にさせてもらい、家もいつもより二十分早く出なくてはならなかった。それなのに今朝だって、と思う。朝食の席で遊大はいつものように、ごはんの茶碗《ちゃわん》を手で持たない。テーブルの上に置いたまま、箸を近づけてごはんを食べている。

「お茶碗を持ちなさい」

一体わたしはこの台詞《せりふ》を、これまで何度言ってきたのだろう。この子が保育園の時から、朝も夜も言ってきた。それなのに、この子は全然茶碗を手で持とうとしない。お茶碗を持たない、ということにもいらいらさせられるけれど、わたしは自分でよくわかっている。何度も何度もわたしに同じことを言わせ、言われたことが全く身に付いていない、ということが、毎日わたしを痛めるのだ。

なぜ言われたことを、そのままましない。なぜ、すぐにそうしない。なぜ、一度で言うことが聞けない。なぜ、毎回忘れる。なぜ、何度も同じことを言わせる。いつだってなぜなぜなぜ、なのだ。守らせなければならない約束事が、小さければ小さいほど、わたしは苦しむ。なぜ、この子はこんなこともできないのか。わたしには、わからない。

「指、吸うな」

遊大は、自分が茶碗を持てとわたしから注意されているというのに、自分はそれを無視して、二歳下の輝子《てるこ》が指を吸っていることを大きな声で注意する。二年生だというのに、輝子はまだ指を吸う。いつも左手の親指の先は白く湿ってふやけている。妹のその癖を、遊大は「気持ち悪い」と言う。そう言われた輝子は、「気持ち悪くない」とむきになって言い返す時もあるし、やめなさいと言うのに、テーブルの下で脚を伸ばし、遊大の脚を蹴る時もある。

蹴られた兄は、妹を蹴り返す。今朝はそんなことはなかったけれど、蹴った勢いで脚がぶつかりテーブルが揺れ、味噌汁のお椀《わん》がひっくり返ることもある。それを慌てて台布きんで拭くのだ。薄ピンクの台布きんが、味噌汁を吸いわかめと豆腐がへばり付く気持ちの悪さ。テーブルの縁から、ぽたぽたと味噌汁が垂れ、遊大の坐るベージュの布張りの椅子に汚く染みができていく。

それでなくても、食事中にぼろぼろと物を落とすこの子の椅子には、大きく黒い染みがいくつもできているのだ。食事中くらいはちゃんとして欲しいし、食事中のマナーは、小さいうちからちゃんと躾《しつ》けないと、だめなのだ。前に日曜日、うちでお昼ごはんを食べていった学童で一緒の友達、北川君だったたか、あの子は本当にひどかった。お茶碗を持たないのは遊大と同じだったけれど、顔をお茶碗に近付け、犬のように食べていた。

「お茶碗は持って食べるのよ」

あまりのことに、わたしが言ったら、そんなことは生まれて初めて聞いたというように、

「どうやって持つの？」

と、あの子は言った。うちの子たちと仲がいいから、一緒に「ハリー・ポッター」を観に行く時にうちで食事をしたのだった。いつも学童の会合では他の誰とも違う黒っぽい服を着ている北川君の母親は、毎日子どもと一緒に食事をしているのだろうか。

北川君は、食事中に大きなげっぷをして、しかも口を手で押さえることもしなかったし、それが一緒に食事している人間を気持ち悪くすることなのだ、ということも全然知らないようだった。本当に、あれはただげっぷが出たから、出しました、という感じだった。

「ごはんの時に、げっぷしないで。それ、気持ち悪いよ」

他の家の子どもに、わたしだって、こんなこと言いたくない。言わずに済ませたら、どんなに楽だろう。でも、されては嫌なことは嫌だとちゃんと言わないとだめだ。北川君は、

「ごめんなさい」

と、素直に言って、もうその後はげっぷはしなかった。よその家はよその家。うちはうち。そう思ったけれど、わたしは母親が仕事をしているからといって、子どもの食事のマナーが全然身に付いていないなんて嫌なのだ。自分が、しゃれた服を着ていても、自分の子どもが食事中に平気でげっぷをするなんて、そんなことも嫌なのだ。北川さんは、アパレル関係の仕事だと言っていた。あの時、北川君も連れて映画に行ったけれど、その後の「アズカバンの囚人」の時は、遊大は北川君もまた一緒に連れて行って欲しいとは、もう言わなかった。きっと北川君も、もうわたしたちと一緒に行きたくなくなったのだろうと思う。わたしはきっと優しくなくて、小さな子どもに

対してもいろいろ許してやれない器が小さい人間なのだ。首がなんだかやたらと細く見える、北川君に対して、かわいそうなことをした、とも思う。北川君は、それでもわたしを見ると「こんにちは」と、ちょっと笑って言う。


「お茶碗を持ちなさい」

二回めに遊大に言った時、遊大の隣に坐っていた慎二が、

「うるせえな」

と、言いながらテーブルに箸をばちんと置いた。遊大も輝子もびくっとして黙った。時間は、NHKのニュースが流れ画面の左上に「7:15」と出ている。

「うるさいんだよ、お前は。毎日毎日。飯ぐらい静かに喰《く》わせろよ」

何を大きな声で言うんだろう。

「この子はね、毎日毎日こうやって言わないと、お茶碗を手で持って食べることもできないの。だから、わたしだって毎日同じことを言うのは嫌だけど、言っているんです。別にこんなこと言わないで済むんだったら、言いたくありませんよ」

「じゃあ、言わなければいいだろうがよ」

「だから、今、言ったでしょう。言わないとお茶碗を持てない子どもが、ここにいるんですよ。だから言っているんです」

「飯ぐらい、好きに喰わせればいいじゃないか。まだ子どもなんだから、できないんだよ」

「いいえ、お茶碗ぐらい子どもでも持てます。わたしだって子どもの頃持ててたし、輝子も持ててます。持てないのは、この子だけですよ」

「うるせえな、それなら茶碗なんて持たなくていい。握り飯にすればいいだろう」

「ああ、そうですか、そうですか。ほらね、お前がお茶碗持たないから、わたしがこんなこと言われるんだよ。ね、良くわかった？　全部お前のせいだからね。いっつもそうなんだから。もういい加減に覚えなよ。お茶碗持つぐらい一体なんだって言うのよ。なんでこんなことぐらいできないのよ。お前、バカなんじゃないの」

「自分の子どもにバカって言うなよ」

　また、どなる。それなら、あなたがこの子どもを躾けてみろ、と思う。輝子は、大きな声でうわーっと泣き出す。口から、嚙んだごはんがこぼれ落ちてくる。

　遊大は、

「パパ、ごめんね。俺が悪いんだよ。今度からお茶碗ちゃんと持つから。ごめんね」

　と、謝っている。

　わたしは、遊大からごはん茶碗を取り上げ、中のごはんを、切ったラップの上にのせて丸いおむすびにする。

「優しく言っているうちは、全然言うことを聞かないで、鬼みたいに怒るとやっと言うこと聞くんだから。お前には本当にうんざりする」

「俺は、お前のその物の言い方に、うんざりしているんだよ」

わたしなんて、夫より、この子どもよりもう何年も前からずっとうんざりしている。なぜ、わたしがうんざりしていない、と思うのだろう。

「たかだか茶碗のことじゃないか。そんなにそれが大事か」

とがった嫌な目つきで言う。たかだかと言うのなら、食事の時ぐらい持てばいいだけのことだ。たかだかなことができない子どもに、うんざりしているのだ。

「ええ、大事よ。それが躾だからよ」

「お前がやっていることは躾じゃなくて、子どもをいじめているだけだろう」

この男は何をご立派なことを言っているんだろう。あなたはこれからただ会社に行って、仕事が終われば、ただ帰ってくればいいだけのことだろう。仕事があるのは、わたしだって同じことだ。でも、あなたは子どもの毎日の時間割の確認、提出しなければならない書類の記入、学童のノートの記入、保護者会への出席、ＰＴＡの役員、授業で使う物の準備、そんなことの何ひとつやっておらず、その中でわかってくる自分の子どもの弱点も知らないではないか。子どもなんて命令しても、一度で言うことなんか聞きたくないのだ。何度も何度も同じことを親に言わせ、そうやって親を磨り減らすものだ。あなたは自分一人安全な陣地にいて、磨り減っていくわたしを見ていらだっているだけではないか。そんなことを言うなら、わたしと同じように磨り減ってみろ。

「あのさぁ、お前がそうやって鬼みたいに物を言って、子どもはこわがっているんだよ。結局、お前なんて子ども育てるの向いていないんじゃないの。こんな風に、いじめられて育てられるんだったら、むしろ施設かどこかに、かわいそうだけど預けたほうが健全に育ちますよ。子どもは強いから」

ああ、バカらしい。たかが茶碗と言ったけれど、たかが茶碗でここまで言うかね。施設に預けるだと。自分一人で育てるという選択ははなから勘定に入れてないのか。それはずるいじゃないの。笑わせないでよ。

「お前は自分が子どもの頃、親にされて嫌だったこと、今、同じように自分の子どもにやっているんだよ」

ゴム風船に水を入れて、ぶるぶると風船が大きくなっていくように、わたしの心の中はどす黒いものでどんどん大きくなっていく。

この男は、わたしの味方であったことがあるのか。あるいは、味方になろうとしたことはあるのか。もしかしたら、味方にならなくてはいけない、ということすら一度も考えたことがないのかもしれない。なぜ、わたしを助けようとしないのか。夫であり、父親ではないか。それなのに、いつまでたっても当事者の自覚を持たないでいる。この男のやっていることは、他人よりもひどいことだとわたしは思う。

こんな時だというのに、夫は食べることをやめない。こわくて嫌な顔のままおいしくもないだろうに、あじの開きを食べている。大根おろしに、お酢とお醤油《しょうゆ》をかけて食べている。ゆでたスナップえんどうを食べている。少し固めにゆでて、良い色にゆであがったものを食べている。なめこと豆腐の味噌汁を飲んでいる。わたしが前の晩、十二時過ぎに寝たのに朝の六時に起きて、まだ眠たくて頭が痛いのに作った、そんなおかずを、ありがたく思うわけでもなく、何かをほめるわけでもなく、出ているからただ食べるという態度でこの男は口に入れている。

甲斐《かい》がないことだ。こんな時、自分のしていることがみじめに思えてくる。体にいいように、少しでも野菜が取れるようにと和食にしているのだ。けれど、この朝食がどれほどの手間で出来上がっているのか、きっと一度も考えたことがないだろう。妻で母親なら、自動的にできるものだとすっかり安心しているだろう。本当にそうなのか。自分を一番信じていないのは、このわたしだ。わたしはそんなにいい人間ではない。

この人たち、つまり夫や子どもというのは自分の都合のいいようにしか、わたしを見ていない。母親は、いつも優しくて穏やかで笑っている一家の太陽だ。そんなことしか考えられないのだ。わたし、四十五歳の江口百合という女が、どれほど自分以外のことで日々自分の心と時間を使わなくてはならないはめになっているか、そして、そのためにどれほど疲労し消耗しているのか知りもしないし、考えるべき事柄だとも思っていないのだ。

自分を全然過信していないわたしは、一度手を抜いたら、あっという間に下まで落ちてしまうだろうと思っている。朝食なんて、コーンフレークと牛乳を、子どもたちに勝手にテーブルに出させて、食べさせても済むのだ。朝、夫にお茶を淹れるのもやめて、水分が必要なら、ペットボトルのお茶を冷蔵庫に入れておけばいいのだ。朝食がそうなら、夕食はスーパーでおかずをたくさん買ってきて、ただ並べればいい。食事としては、それで済む。

でも、それではやっぱりいけない、生活はそんなものではないと、わたしの中の何かがストッパーとなり、へとへとになって米を研ぎ、だしを取っている。こんな時、ああ誰かと心の中で思う。食べ残された皿の上の煮物を鍋に戻し、皿にへばりついたきゅうりの輪切りを指でつまんで、別に食べたくないけれど捨てるわけにもいかないので口に入れる時、誰かわたしを知って欲しい、と思う。そして優しい声で言われたい。忙しいのに、あなたはがんばっていて本当に偉いねえと、どうか言ってくれないか。やらなくてはいけないことが山ほどあるのに、一生懸命やっているね、子どもたちも元気で体も丈夫で、とてもいい子に育っている、きっとお母さんが上手に育てたからだね。そんな風に一度でもいい、誰かあたたかい手で、わたしの手を握って言ってくれないか。

そんな風に言われたら、きっとわたしは少しだけ笑って、「ありがとうございます。本当は全部を十分にできていないんですけれど、でも、また明日からがんばります」と言って、晴れ晴れとした気持ちで早足で家に帰ることもできるだろう。

それなのに、一体どうしてだろう。わたしは、子どもを産んでから一度もそんなことを言われたことがない。そんな風に誰も、わたしに言ってくれない。わたしが言われてきたことは、いつも、「もっともっと」ということだけだ。保育園に行っていた時は、「お母さん、もっと遊大君を構ってあげて下さい。下に輝子ちゃんが生まれて淋しいのです」「お母さん、もっと早くお迎えに来られませんか。お子さんが小さくて、母親を必要とする時期は、一生のうちほんの一瞬です」と言われ、たまに実家に子どもを連れて行けば、「好き嫌いが多いから、もっといろいろな物が食べられるようにならなくちゃ」「ひらがなの書き順が、めちゃくちゃで驚いたよ。もっと見てやらなくちゃ」と言われる。どんなにやっても、まだまだ十分ではなくて、「もっともっと」と言われ続けてきた。いくらやっても全然足りない。わたしは永遠に求められ奪われて磨り減っていくだけだ。

そして、きのうは上司の宮川さんに「会社で仕事をするということを、もっと真剣に考えてもらいたい」と、言われた。わたしは携帯電話会社の営業部で働いている。内線電話で、宮川さんに同じフロアーにある小会議室に呼び出され、何かと思ったら机の上には、前の月のタイムカードが出されていた。

「ちょっと訊きたいけれど、先月のこの週に早退が二回と、翌週一日有給休暇を使っているけれど、この働き方は一体何？」

ゴルフ焼けなのか宮川さんのその顔の色は、観光地のどんな土産物《みやげもの》屋でも売っている最も平凡な薄茶色のまんじゅうを思わせる。

「はい、二人の子どもの学校の保護者会がそれぞれ別の日にあって、出席させていただきました」

「そう、この次の週の有給は何？」

何、という言い方を狭い小会議室でされると、尋問という感じがぴったりする。

「下の子どもが嘔吐《おうと》下痢の風邪をひいて、わたししか看病できる人間がおりませんので、お休みをいただきました」

「ああそうですか」

ああそうですかって、宮川さん、あなたって社内結婚をして子どもも二人いるでしょう。あなたのお子さんは、全然病気しない頑丈な子どもだったのですか。それはあなたは男で、いつもいつも何の用があるのか知りませんけれど、忙しぶってだらだら会社にいるから保護者会に行かなくて済むでしょうけれど、働いていて子どもがいる女は、会社の仕事だけしていれば済むわけではなくて、学校にも行かなければならないのですよ。おまけに学校に行けば、「働いているお母さんも、働いていないお母さんも、学校で子どもがお世話になっているということでは、みんな同じです」などと言う人がいて、必ずPTAの係をしなくてはならないんですよ。宮川さん、あなたの奥さんは専業主婦だからそんな役目も奥さんがしていて、あなた自身は何もしていないのですよね。あなたはなんだか偉そうにしていますけれど、仕事だけしていわば自分の役目はそれでいいと思っているんですか。他の家のことですからどうでもいいですけれどそれで、あなたの奥さんもいいと思っているのでしょうか。一度、話をしてみたらどうでしょうか。

「あなたのような働き方をされると、営業部全体の士気が下がり、みんなの足を引っぱることになるんですよ。それにまだ他の人が働いているのに、仕事が終わったからと六時に帰るのもね、はっきり言って迷惑なんです。会社で仕事をするということを、もっと真剣に考えてもらいたい」

宮川さんが言っていることは、実に不思議な理屈だった。この人は、わたしを懲らしめたつもりでどこか得意気になって言っているけれど、もう二十一世紀なのだ。こんなにたくさん女が働いているのに、いつまでたっても男と同じように働かなければ「働いている状態」と思えないなんて、ずい分古くさい。早退したからといって、別に仕事に支障があったわけではない。一日休んだといっても、その日に会議があったわけでも、打ち合せがあったわけでもない。仕事に穴が開くわけではなかったから休んだのだ。それなら、有給休暇は一体なんのためにあるのか。自分の仕事が終われば、普通は帰りますよ。え、それなら何ですか、何も仕事がないのにわたしが机にいれば宮川さん、あなた嬉しいのですか。宮川さんはそれで嬉しいかもしれないけれど、それではうちの子どもたちはおなかが空くし、全然嬉しくないし、親のいないマンションの部屋で何か事故があったら、宮川さん、あなたが責任を取ってくれるのだろうか。

いろいろ言いたかったけれど、わたしが言ったことは、

「そうですか、わたしは自分なりに自分の仕事の責任を果たしているつもりですが」

と、いうことだった。子どもを育てていてこういうことで、士気が下がると責められるのなら、あなたが勤務中に散髪に行くことは、どうなのだ。他の部員が、昼休み一時半過ぎても食事から戻ってこないことはどうなのか。息子の受験の下見や面接で自分が早退したり休んだりすることはどうなのか。朝、「通院のため立ち寄り」とあるのは、本当に病院に行っているのか。子どもというわかりやすい弱点を突いているだけとしか思えない。

「これからも、こういう働き方が続くと困るんですよ。あなた、働き方を改められますか」

何を偉そうにと思った。働き方だと？　いやあ、改められないね。子どもがいて学校に行っていればあと数年は、同じようなことは必ずある。わたしは話をまとめるためだけに嘘は言えない。

「いいえ、改められません。まだ子どもが小さいですから」

面白いことに、薄茶色の宮川さんの顔は、血が昇ったのか一気にどす黒くなった。わたしは宮川さんの黒くなった顔を見て、窓辺に置いてあるポトスの鉢に目を移した。営業部の宮川さんのデスクの横には、背の高いレンタルの観葉植物の大きな鉢が置いてあるけれど、おかしなことに宮川さんに近い側の葉っぱはどんどん茶色になってしまう。何か毒素が出ているに違いない。

「そういう人が、ここにいると迷惑ですから人事部に言って異動してもらいたい」

「ああ、そうですか。わかりました。そうさせて下さい」

あんた、バカなんじゃないの。そう思って席を立った。今はもう、二十一世紀。いろいろな状態の人間がいて、いろいろな働き方しかできない状態の社員だっているんだ。それをまとめるのが管理職のお前の役目だろう。管理職手当だって出ているんでしょう。こうして小会議室で部下に嫌なことを言うのが、管理だとでも思っているんじゃないの。異動になるのならそれだって別に構わない。

　前に本で読んだことがある。植物は自分がその環境で生きていけないと判断すると、どんどん自分から枯れていってしまうらしい。それを読んだ時、動いて自分の生き延びる場所へ行けない植物を、かわいそうだなぁと思った。わたしは植物ではないのだ。宮川、お前がわたしを邪魔に思うなら異動させればいい。わたしは、この会社で仕事をしているだけで、お前のために生きているわけではないのだ。どんな部署でも、どんな仕事でも与えられればわたしは自分の仕事として引き受ける。男と違って、女のわたしには面子《メンツ》などない。渡されたものを、ただ受け取るだけだ。

　子どもが熱を出して休むと迷惑がる、同じ部署の小娘のような女たち。みんなで団結して、わたしには決して三時のおやつを配らない女たち。それほどわたしが嫌いか。全くけちくさい意地悪をよく考えつくものだ。大人なのにそんなことをして恥ずかしくないの。わたしはね、そんな毒のようなおやつは食べたくない。だからくれなくていいですよ。あなたたちは自分だけは、たとえ子どもを持ってもあんな働き方はしない、とでも思っているのだろう。あなたたちの思考は男の宮川と同じだ。でも、全ては蓋を開けないとわからないのだ。一体どんな子どもが生まれるのか、自分の生活がどう変わるのか。今から想像しても無駄なのに、どうしてそうも自信満々に澄ましていられるのだろう。どうせ、あなたたちだって、バカにしているわたしと同じ道をたどるに決まっている。働く若い女が、妊娠したがらない理由はよくわかる。自分たちがずっとバカにしていた女と同じようになりたくない。ただそれだけではないのか。高い場所にいて流行の服と手入れのいきとどいた爪で、地に落ちて髪をふり乱している女を見おろしていたいのだろう。わたしには、そう思える。

晩ごはんは、先に子どもだけ二人で食べさせようと思った。わたしは、後から一人で静かに食べたい。お茶碗を持たずに食べていようと、わたしは構わない。肘を突いているところももう見たくない。変な顔して、こっちを見た、見てないなどつまらないことでケンカになっても、わたしは関わりたくない。何度も何度も、わたしは言ったのだ。言うことを聞かないのは、この子どもたちだ。わたしは、どうしていいのかもうわからない。

会社から戻ったままの黒のパンツスーツで、エプロンをする。テーブルのまん中に、大皿を置き、その上にレタスを敷きしゃぶしゃぶ用の肉をゆがいてのせて、ぽん酢をかける。遊大も輝子も好きな、しゃぶしゃぶサラダだ。トマトを切って並べればいい。あとは、ごぼうの煮物もある。これだって「もっと食卓に固くて歯ごたえのあるものを出さないと、歯並びが悪くなります」と、保育園時代に言われたことがあるから作るようにしている。あとは、豆腐とわかめの味噌汁と、作り置きのほうれん草のおひたしがあれば十分だ。

「ママは、お部屋で着替えるから、先に二人で食べていて。一人であとから食べるから」

そう言って、テレビを消した。

子どもたちは二人だけで食べることを、別になんとも思わないのか、

「はい」

と、言って、

「いただきます」

と、テーブルについて食べだす。

エプロンをはずして茶色の革のショルダーバッグを持って、ベッドルームに行く。電気はつけない。この部屋の大きなベッドで、わたしと輝子が一緒に寝ている。バッグを下におろし、ベッドに腰かけてぼんやりと前を見る。ドレッサーの上に飾った四角いガラスのフラワーベースには、黄色、濃い赤、ピンクのラナンキュラスとレースフラワーが入っている。水を換えてやらないと、と思う。

ベッドの枕元には、人形が二体並んで坐っている。顔に目鼻はない。オーガニックコットンの体に、それぞれかつて遊大と輝子が着た、小さなベビー服を着ている。男の子の人形は、青地にヨットの柄のTシャツを着て、黒いコットンの半ズボンをはき、女の子は胸元にてんとう虫のししゅうのあるピンクのワンピースを着ている。人形の

重さは三〇四五グラム、二六八七グラム。その重さは、遊大と輝子の生まれた時の体重だ。

暗い部屋で、わたしは男の子の人形を胸に抱き、そっと人形に自分の顔をうずめる。これまで何度も何度もこうしてきた。こうやって抱く度に、ああ、この重さと毎回思うのだ。こんなに小さくて軽くて、一体どうしようかと、あの時も病院で思ったのだ。

わたしは、と思う。

わたしは、ただわくわくしたかっただけだ。いつもいつもそう思ってきた。韓国映画を字幕なしでも見たくて、韓国語を習いに行ったのだ。文化センターのクラスの旅行で、ソウルへ行った時、明洞《ミョンドン》で眼鏡を作りに行った。その時のグループの中に、慎二もいた。視力検査では、見える時は「ポヨヨ」、見えない時は、「アンポヨヨ」と言えばいいと教えてくれ、値段も店主と交渉してずい分安くしてもらえた。

コンピューターのプログラマーをしている慎二と付き合うようになり、わたしは結婚した。いつも、「この後は一体何が起こるのだろう」と、首を伸ばしてあたりをきょろきょろしていたように思う。夫も仕事も子どもも、わたしにはある。人形の三〇四五グラムという重さが、じっとりと腕にある。これはしあわせな状態なのだろうか。

職場では子どもがいるからと邪魔にされ、夫には朝から罵《ののし》られ、子どもは何も言うことを聞かず神経にさわることばかりする。この世で唯一わたしがそっと静かにしていられる場所は、電気もつけないこの自分の寝室だけだ。

ドアの向こうで、輝子のきーぃっと大きな声が聞こえる。二人がまた何か言いあらそっているのだろう。どうして、食事の時ぐらい普通にできないのか、わたしにはわからない。

確かに何もかも、わたしは持っている。けれど、わたしはこんなにくたびれ、空っぽで悲しくて苦しい。これをどう言ったらリュウ先生に伝わるのだろう。ただ、わくわくしたかっただけだったのに。いつからこんなになってしまったんだろう。全然わからない。体を丸め人形を胸に抱いてみる。この重さ。後悔などという、決して口にしてはならない気持ちを押し戻そうと、歯をくいしばったまま、人形を胸に横向きに倒れてわたしはもう動けない。

天城越え奥さま

二年生の貴子は、七時四十分に家を出る。夫の孝二は八時に出る。わたしは、九時前には出る。だから、いつも八時半にはドレッサーの前に坐って、メイクし始める。

特に人に言うことではないけれど、四十を過ぎてある時気が付いた。それは二つあって、一つはいつの間にか和菓子をおいしいと思うようになっていたこと。草もちなんて大好きだ。もう一つは、演歌の良さが、心にぴたりと届くようになっていたことだ。八代亜紀や石川さゆりなんて本当に歌がうまいなぁと聴き入ってしまう。前は「演歌って、言わなければいいのに、ということをわざわざ大きな声で言っている」なんて思っていた。わたしはあの頃とはやっぱり違うのだ。

「え、わたしって、こんな風だったっけ?」

と、自分がなんだかしょぼいように思う時もあるし、

「いつの間にかこんな風になったんだなぁ」

と、ただのん気に思う時もある。

その違いは一体どこから来るかといったら、自分の体調、その日の出来事、前の日の出来事、そんな「自分関係」の要素に加え、貴子の機嫌、体調、行動、学校での出来事で左右される。夫の孝二のことはここ最近は低め安定なので、それで自分の気持ちが大きく動くことはない。それがいいのか悪いのかは、あまり考えないようになった。考えたからといって、全ての事柄がどうなるわけでもないということぐらい、わたしだってもう知っている。

今日はといえば、ドレッサーの前に坐って無理矢理笑ったら、なんだか笑い泣きになりそうな気がする。それはきのう貴子の授業参観に行ったからだ。

貴子のことをよその人に言おうとしたら、一体どう言えばいいだろう。ごはんを少ししか食べません。気に入らないこと、困ったこと、嫌なことがあるとすぐに泣きます。しかも一度泣いたら、ずっと泣いているので、なぐさめていても途中で必ず嫌になります。それは親はもちろん、保育士さんでも、学校の先生でも同じで、うんざりしてきたり、別の大切な用事を思い出して、その場を離れたくなるのだ。強情なのか意気地なしなのか、わからない。厄介なことだけは本当だ。貴子が泣き出すと、ああ、また始まった、うるさいなぁと思うだけで、ちっともかわいそうにと思えない。泣けばなんでも済むと思っているなんて甘いのだ。わたしは同じ女として、泣いている貴子を実に冷ややかに見下ろす。孝二もいつもうんざりして、貴子が泣くと、

「放っておけ」

と言う時もあるし、

「お前が甘やかすからだ」

と、舌打ちして言う時もある。けれどそれはちっとも正しくない。わたしは自分でよく知っている。わたし自身の大きな欠陥は、自分の娘を全然かわいいと思えないということだ。いくら上辺《うわべ》をとりつくろっていても、心の芯では、貴子のことが好きではない。いじめられっぱなしの犬のような貴子。大勢の中で貴子をみつけるには、集団の中で一番最後のほうのグループを見ればいい。走らせれば必ず脚がもつれて転ぶ。

去年の運動会の徒競走では他の子よりも半周遅れでゴールし、観客席からあの時、さざ波のように拍手が起こったのだ。わたしは恥ずかしさのあまり涙が浮かんだ。走ることぐらいなんでもないではないか。特別難しいことをさせているわけではない。それなのに、一体どうしてこの子は、こんなことすらまともにできないのだろう。泣きながら走り、それでも途中で歩き出してしまい、拍手が起こってやっと気を取りなおしてのろのろと走り出した貴子。そのみっともない姿を見ることは、母親であるわたしには大きな苦痛でしかない。かといって心のどこかで、やはり見ないわけにはいかないと思い、手を両脇にだらりと下ろし、ただぶらぶらさせ、あごを上につき出し、脚をがくがくさせて走る貴子を見た。わたしはあの時、一体どんな顔、どんな目つきで、あのみっともない姿で走る娘を見ていたのだろうか。できるなら、それを誰かに訊いてみたい。その答えが、どんなにひどいものであっても、ごまかしなしに一度きちんと訊いてちゃんと覚えたいと思う。

「あなたは、実に憎々しい感じで、自分の娘を見ていた」

「あなたの娘を見る目つきは、とても冷たくて母親とは思えないものだった」

「あなたは、自分の娘を恥じていて、実に嫌そうだった」

「あなたの目には、少しも愛情がなかった」

そのどれもがそう言われれば、そうだろうと思う。

わたしだって、本当はどうすべきなのか頭では、よくわかる。

優しく抱き締めて目を見ながら、

「よくがんばったね。最後まであきらめないでちゃんと走れて偉かったよ。お母さんは嬉しかった」

と、きっとそう言うべきなのだ。でも、そんなことはできない。けっ、冗談じゃないよ、誰がそんなことをと思う。まともなことを、何ひとつできないじゃないか、親から優しくされたいなら、お前も他の子のようにちゃんとやってみろ。わたしの本音、わたしの本性はこういうことだ。貴子が何かへまをする度に、わたしの中のどす黒いものが、ぬっと現れて苦しくなる。わたしだって、優しい母親でありたい、いい母親でありたい。他の人たちがそうであるように、わたしもごく当たり前の母親でありたいと思う。いつだってそう祈るように思っている。それなのに、そんなわたしの切実な思いは貴子の振る舞いであっけなくこなごなになってしまう。

それは怒りであり、失望であり、悲しみであり、落胆である。その全てを味わわせるのが、わたしの娘なのだ。わたしの娘は、そういう娘だ。

運動会のあの日、貴子は朝言っておいたように、サッカーゴールの所に昼食のためにやってきた。紺色の短パンから出ている脚は細く、少し内側に倒れているように見える。転んだ時に、すりむいたのだろうか、手当てしてもらった白いガーゼが、ことさら大きく見える。強い太陽の光の中で、貴子は背が低く、とても細い。校庭にはこんなにたくさんの人たちがいるのに、このみっともなく鈍くさい子どもは迷うことなく、とぼとぼとわたしを目指して歩いてくる。それが不思議な出来事のように、わたしには思える。わたしの所に来たって、嬉しいことも特にないだろうに、それでも午前中の競技が終わると、お弁当だからと当たり前のように「親」の所へやってくる。

お弁当は、朝の六時から起きて、のり巻、空揚げ、プチトマトのサラダ、寒天のフルーツゼリーを作って大きな密閉容器に色どりよく詰めてきた。それでも、わたしはよくわかっている。貴子は、のり巻を半分だけかじり、一つを全部食べきらないだろう。空揚げは、きっと食べない。サラダは、トマトもチーズも食べず、きゅうりを選んで食べるだけだ。それでおしまい。それなら最初から何も作らなくてもいいのかもしれない。わたしもそう思う。けれど、子どもが食べないからといって、食べるものだけ持っていくのは間違いだと思う。それに、そんなお弁当は一体どれだけみっともないことだろう。ほんの少しののり巻ときゅうりだけ。そんなもの、人の目に触れさせるわけにはいかない。結局、わたしはいつも人の目を気にする見栄っ張りということなのだろうか。

「ママ、ごめんなさい。今度はちゃんとするから」

あの時、貴子は最初にそう言った。わたしはまだ何も言っていないではないか。白とピンクの縞《しま》模様の敷物の上に坐り、わたしと孝二は貴子を見上げるようなかたちで見た。

ああ、面倒くさい。何だ、この言い草は。最初から、わたしが怒ると思っているから先回りして謝っているのだ。わたしがどう思うかということよりも、あの子は他の子がちゃんとできていて、自分ができないということが悔しくないのだろうか。わたしは、何よりもそこが気にくわない。たくさんの言葉が一度に噴き出してしまいそうで、わたしはこの明るい光の中で、何も言わないでいる。それでお互いに傷付かずに済む。これまでの何度もしてきた似たようなやり取りの中、わたしが身に付けた術だ。

「脚は痛くないの？」

孝二が、言う。

「うん。消毒してもらったの」

「そう」

それでも、さっき見た徒競走のことは夫も口にしない。

「ここに坐って、お弁当食べたら？」

夫は、貴子に言う。

「うん」

そう言って、貴子は靴を脱ぎ敷物の上にあがる。それでも、せめてもと思い、

「貴子、大丈夫？」

と言おうとした時、

「わたし、おなかが全然空いていないの」

と、貴子はつまらなそうに言った。

この子は、何かが抜けているというよりも、嫌なもので体中満たされている、という気がしてならない。悪意は全くないのだろうが、普通に言ったりやったりすることが、本人以外の人間にダメージを与える。まだ子どもだから、もちろん親や先生といった大人たちに大事にされたいだろうけれど、この子は人からかわいがられないようにしか振る舞わない。そのタイミングが実に正しくて、ぞっとするではないか。

こうやってわたしは、何かを試されているのだろうか。試されているとしたら、それは一体誰に試されているのだろう。

うんざりするのだ。何度も何度も気持ちを立て直し、今度こそと思う度に、結局ふみにじられる結果になる。そうやって、わたしの心の中からは、あたたかな熱は冷めていき、態度も硬くなっていく。

「そう、それならしょうがないね」

わたしは言った。

「だったら好きにしたら」

みっともない子どものいる、みじめな家族の昼休みは、こうして何から何までみじめなことになり、誰一人笑わず、楽しくもなく、あんなに苦労したというのに密閉容器の中の食べ物は、ただそのまま残り物になっただけだった。でもそれは筋道にしたらきっと正しいのだろう。わたしたちが楽しく普通に過ごせるわけがない。心のどこかで、そう思っている自分をわたしは知っている。

妊娠がわかった三十四歳のあの時、わたしは、ああこれで仙川《せんかわ》に勝ったと思った。仙川には、孝二の三歳年上の妻がマンションで猫と一緒に暮らしており、その二年前から孝二はその部屋を出て、わたしと暮らしていた。孝二は、わたしより十歳年上で、元の上司だった。勤めていたのは、海外の出版物の版権を扱うエージェントだったけれど、オフィスに奥さんが乗り込んで、はさみを振りまわしたので、わたしはクビになった。三十二歳の時のことだ。

あの日のことはよく覚えている。

奥さんは、紺色のサマーウールのスーツを着ていた。用件はともかくやっぱり会社というか夫の勤め先に行くのだから、ちゃんとした恰好でないとまずいと、思ったのかもしれない。電車にも乗るから、靴もちゃんとしたものでないと、まずい。だから素足に黒い革のサンダルをはいて、サンダルから見える足の爪まで神経を配る前に力尽きてしまったのか、爪には何も塗られておらず、床に倒れた時に目に入った奥さんの変に伸びた親指の汚れた爪が忘れられない。

みんなが自分の席に坐って、パソコンに向かってメールをチェックしたり、電話で話しているところに、奥さんはドアを静かに開けて白いハンドバッグを右手に持ち、部屋に入ってきた。明るい茶色に染めたセミロングの髪は、パサパサして、毛先は傷んでいた。顔色は変に白くて、口紅は今はあまりする人がいないような赤い色だった。わたし以外の人たちはただ、あれ、この人は誰だろう、もしかしたら保険の人かなと思っただけだろうけれど、わたしにはすぐにわかった。この人は、伊藤さんの奥さんでわたしに会いに来て、しかもかんかんに怒っているのだろうな、と思った。奥さんの紺色のスーツは、特に似合っているわけでもなくて、ただ普段着で行くわけにはいかないから、というだけのスーツという意味しかなく、それはなんというか、時々テレビで見る北朝鮮の人たちのお洒落着に通じる感じがあった。襟元には、ピンクがかったパールがハート形に並んだブローチがつけてあり、それがまた、滑稽に思えた。わざわざあの時、ハート形のブローチを選んでつけてきた奥さんの気持ちを考えると、正直に言えばいろいろな気持ちがあるけれど、そんな人のことをわたしは、一秒だってかわいそうだなんて思ってはいけない。

あの日わたしは、襟元が広く開いた白いシャツに、ストレッチのきいたぴったりした黒いパンツをはいていた。胸元には伊藤さんから贈られた小さなルビーが下がっていた。七月生まれのわたしの誕生石で、小さいけれど、ミャンマーのルビーでうんと特別なものだと、伊藤さんは言った。

わたしは顔をあげ、奥さんのことを見ていた。これが伊藤さんの奥さんなのか。話をいろいろ聞いていたから、こんな時だというのに本人が目の前にいることが、おかしくてたまらない。

嫌なことがあると、一日中せっせと掃除をする奥さん。ベランダにハーブの種をまいたけれど、そのうち雑草とまじってしまい、どれがハーブか雑草かわからなくなってしまった奥さん。四十歳からバレエを習い始めてレオタード姿で小学生と一緒にレッスンを受ける奥さん。お正月には奥さんのお母さんがマンションに泊まりにきて、リビングに置いてある家具やお皿や人形をいちいち指して、「これいくら?」と訊くこともわたしは知っている。その意味で言えば、わたしと伊藤さんは奥さんをまん中にした、共犯者だった。自分の部屋で、伊藤さんが奥さんのことを話すのがちっとも嫌ではなかった。いくらでも聞いていたかった。それらを笑えば笑うほど、自分は奥さんよりずっとましだと思い、自分はそんなみっともないことをする人間ではないと優位に思った。そうやって苦労知らずの箱入り奥さんを「愛人」と一緒になって笑って、わたしはいつもいい気分だった。

奥さんは、ぐるりと部屋中をゆっくり見渡し、顔をあげじっと見ているわたしを見ると、黙って近付いてきた。この人はわたしを一体どうするつもりだろうと思って見ていた。たぶん実際にはうんと短い時間だっただろうと思うけれど、わたしは奥さんのやった全ての動作をちゃんと覚えている。

奥さんは、

「あなたが、高木比佐子《ひさこ》ね」

と、低い声で言った。

わたしは椅子に坐ったまま、

「ええ、そうです」

と、答えた。伊藤さんはこの日から一週間ドイツのブックフェアに出張だった。

奥さんは、

「この女!」

と、言いながら、わたしの両肩を力一杯押し、わたしは椅子ごと床に倒れた。そして、黒い革のサンダルで、わたしをめちゃくちゃに蹴飛ばして、

「あなたは欲しいものなら、結婚している男でもなんでも手を出していいと思っているの」

と、大声で言った。わたしは蹴られたことよりも、奥さんが言ったその言葉に強く反応して、床から起き上がり、

「何よ、自分の夫に手を出されて嫌なら、最初にちゃんと嫌だと言ったらどうなのよ。そんな風にしていて横取りされても、それは文句言えないんじゃないんですか」

と、奥さんと同じくらい大きな声で言い返した。わたしと伊藤さんとのことは、始まってから一年ぐらいしか経《た》っておらず、多分ほとんどの人が知らないことだったと思う。

「あなた、自分が何をしているか、わかっているの?」

そう言って奥さんは、わたしのシャツを両手で思い切り強く掴んで前後に、ゆさぶった。なんだか奥さんの口からは、妙に生臭い匂いが強くした。この人は歯周病なの

だろうか。

「う、臭い」

わたしが手で鼻を押さえたら、奥さんの顔はみるみるうちに赤くなり、デスクの上のペン立てから、握る部分がオレンジ色のはさみを取って、

「なんなのよ、この女は。なんて失礼な女なの」

と、大声をあげて振りまわし、はさみの先がわたしの左手の親指と人差し指の間に刺さったところで、奥さんは警備員に取り押さえられた。十年経った今でもその傷あとはある。

わたしはその後転職したから、伊藤さんと別れることができたはずだった。わたしにしても、そんな面倒な関係はうっとうしいし、第一そこまでして続けたいほど四十二歳で結婚している伊藤さんという男には、正直なところもう魅力はなかった。けれど、あの時わたしが伊藤さんと別れることができなかったのは、一体どうしてだろう。それは、わたしを追いかけてきた伊藤さんの気持ちに動かされたからだろうか。ああいう女と一緒に暮らすより、わたしと一緒のほうがいいに決まっているという自信のせいだったろうか。あるいは傷を負った者同士の後ろめたさだったろうか。

二年一緒に暮らして、その間ももちろん仙川からは執拗《しつよう》な嫌がらせはあったし、わたしの両親からも、何度も別れるようにと言われた。あの頃のわたしは、状況の割に

は頭の中でもうどこかのん気になっていた。その先に別れるということが決まっているのだったら、何をどうしても、わたしと伊藤さんは別れてしまうだろう。それなら何も、今こうやって暮らしているのだから、急いで別れなくてもいいように思った。伊藤さんは、特別いい男ではないけれど、自分の身の周りのことや、家事も一通りできるし、一緒にいると楽だった。わたしに都合のいい男だった。

あの頃、わたしたちは、セックスばかりしていた。わたしたちにはセックス以外、二人共通してできることは何もなかった。どうしてあんなに夢中に、そして熱心にしていたのかわからない。セックスさえしていれば、二人の間柄は大丈夫だと思っていた。大丈夫って一体何がどう大丈夫だというのだろうか。今のわたしには、それがわからない。

それでも二年後に妊娠した時に、わたしは嬉しいと思った。仙川ができなかったことがわたしにはできたのだ。これは圧勝ではないか。まだあの時点では、おなかのこの子どもが男か女かわからなかったけれど、仙川の奥さんが孝二にはできなかったことを、このわたしはしてあげられるのだ。わたしは勝ち誇っていた。わたしたちの行く末には、別れがあったのではなく、結局こうなったのだ。ベタなことだけれど、わたしの妊娠がきっかけとなり、わたしたちは結婚することになった。

仙川には、「人の家庭をめちゃくちゃにしておいて、あなたたちがしあわせになれるわけがない。わたしは生まれて来る子どもを呪ってやる」と言われ、孫が生まれるというのに両親は全然喜ばず、「妊娠さえしなければ別れることができたのに」と、言った。

けれどもあの時わたしは嬉しかったのだ。それは本当のことだった。孝二は、というと、嬉しかったのも、きっと本当のことだろう。わたしとおなかの子どもに対して責任を取るという気持ちも本当のことだろう。それは、わたしにもよくわかる。けれど、それに加えて、わたしには、もっとわかっていることがある。

あの人は、へとへとになったところでわたしと結婚したのではないか。四十四になって妻も愛人も捨て、一からまた新しく全てをやり直しすることは、もうできなかったのだ。普通の人間は、そんなにはむごいことはできないし、あの人は普通の人なのだった。逃げ遅れたのは、あの人のほうだ。あの人には、あの時わたしを追いかけてきたような何かをどうかしようという強い意志はなく、もはやなるようになれ、という思いなのだろう。貴子に対してどうにかしようということもなく、まして貴子に対してのわたしの態度にも何も言わない。あの人は、何かを全力で手放したまま、わたしたちと一緒にいるのかもしれない。わたしにはそんな風に思える。

きのう有給を取って授業参観に行ったのだった。貴子のクラス、二年三組は校舎の二階の一番端にあった。廊下には、一週間前に横浜にあるこどもの国へ遠足に行った時の絵が貼ってあった。

Ａ３サイズだろうか、大きな画用紙に絵具で描かれている。ひつじや牛がいたのだろう、何人もそんな動物を描いている。

貴子の絵はどれだろうと思って見ると、画面一杯に、うんと大きくあじさいの花なのか丸い花が描かれていて「いとうたかこ」と名前が付いていた。上手だと思った。色も丁寧に塗ってある。ピンクのグラデーションが、とてもきれいに描かれていた。もし、ここに貴子の名前が付いていなくても、わたしはやはりそう思っただろう。花の大きさにエネルギーがあって、元気だと思った。あの子にこんな元気があるとしたら、あの子はどこにこの元気を使っているのだろう。わたしは不思議でならなかった。

後ろの扉をそっと開けて、教室の中に入る。国語の授業なのだろう、先生について「きつねのおきゃくさま」という話を読んでいる。この学校では、授業参観は一週間続き、親の都合に合わせていつ行ってもいいのだ。この日は、水曜の一時間目だったからか、わたしを含めて四人の母親が見に来ているだけだった。

貴子は窓際の前から二列目の席にいた。前をじっと見ていて、わたしが入ってきたことに全然気がついていない。朝二つに結んだ髪の位置が、左右ずれている。

教室の後ろには、作文が貼ってあった。貴子は一体何を書いたのだろうと探した。

右側の壁に貼ってあり、「にちようび」というその作文は、わたしとカップケーキを作ったことがとても楽しかったと書いてあった。卵をしっかり泡立てることが難しかったこと。自分のエプロンには小さなバラが付いていること。干しぶどうを少し入れたら、とてもおいしくなったこと。おとうさんもおいしいと言って、二つ食べたから嬉しかったと書いてあった。

わたしはその作文を読んで、そのまま静かに廊下に出た。大きく息を吸わずにはいられなかった。あの子は一体何を考えているのだろう。わたしは全然わからない。わたしは、あの子が生まれてから一度もカップケーキを作ったことがない。先週の日曜日は、食事中の貴子がアニメを見たがって、孝二が叱り、貴子がめそめそ泣いて夕飯が台無しになったのだ。その前の週には、貴子の「友達」という子が朝九時にチャイムを鳴らして遊びにきて、それだけでも迷惑なのに、その子は貴子の黒いウサギのぬいぐるみをこっそり持って帰ろうとした。

わたしはあの時、あの子の持っている手さげに、わたしが作ったあのウサギを見つけて、

「えっ、どうして、そのお人形、そこにあるの」

と言ったのだ。美江ちゃんというその子は、

「貴子ちゃんがくれたの」

と言う。この人形は、わたしが貴子の二歳の誕生日に古いTシャツをほどいて縫ってやったもので、ラッテと名前を付けて今も毎日一緒に抱いて寝ているのだ。人にやるわけがない。まして、美江ちゃんなんていう友達の名前は、その日初めて聞いたのだ。

「貴子、そうなの？」

そう訊くと、貴子は目に涙を一杯ためて、ちがうちがうと頭を横に振っている。

「美江ちゃんね、自分が欲しいからって人の大事にしているお人形を持って帰っていいと思っているの？　それ、泥棒よ」

だめなものはだめなのだ。それにこの一重の目を据えて、じっと人の顔を見る美江という子は、子どもらしさが全然ない。どこかひねくれた大人のようなところがある。

「何よ大事なものならしまっておけばいいじゃない。貴子ちゃんは、わたしが触っても嫌だって言わなかったくせに。ふんだ、こんなぼろ人形、いらない」

そう言って、あの子は手さげからラッテを掴んで玄関にたたきつけて帰っていった。

「やられて嫌なことはちゃんと言わないとだめ」

ラッテを拾い上げ、胸に抱き締め、声を震わせて貴子はいつまでも泣いていた。貴子にそう言った時、ああこんなやり取りを確かにわたしはしたことがあると、ぼんやりと思い出していた。

授業参観の後、少し歩いて駅前の和菓子屋まで出た。草もちはさすがにもうなくて、つるりとした水まんじゅうが出ていた。この店のあんこは、程の良い甘さで濃い目に淹れたお茶によく合う。ここから歩いて帰るには少し距離がある。バスに乗って帰ることにした。五分も待たずにバスは来たけれど、まだ夕方には早いというのに一体どうしたのだろう、まるでラッシュ並みに混んでいて、入口の料金箱の近くにもぎっしり人が立っている。ここに、赤ちゃんを前に抱っこした人がいるというのに誰も席を替ってあげないなんて。そう思いながら、この赤ちゃんは一体何ヵ月ぐらいなんだろうと思って見た。

あれっと思った。

丸く、ずんぐりとした体に、大きな目。この赤ちゃんは、貴子と保育園で一緒だった茂君とよく似た顔をしている。赤ちゃんを抱いている人を見ると、やっぱりそれは牛島さんなのだった。黒いトレーナーにベージュのパンツ。ちょうど赤ちゃんの口元に当たる所に、白くねばねばしたものが付いている。この家の子たちが目が大きいのはお母さん似なんだろう。牛島さんは隣にいる人と話していて、わたしには全然気が付いていない。ああ良かったと思い、わたしも下を向いたままでいようと思った。牛島さんの小鼻の毛穴は今どき珍しいぐらい、黒いポツポツがはっきり見えている。化粧も、もちろんしていないし、以前よりもまた太ったみたいだ。

保育園の保護者会に、牛島さんは茂君の妹を一緒に連れて来て、その子がむずかると彼女は平然と灰色のTシャツをまくりあげ、ブラジャーはしていないで、ただだらりと垂れたおっぱいをむき出しにして、ひびわれたように大きく広がる茶色の乳輪を平気で見せ、その先に付いている小指の先はありそうな長く伸びた乳首をその子に含ませた。あの時、保護者会に出ていた人は全員目の端で、あの形の崩れた牛島さんのおっぱいを見たと思う。牛島さんは、ここにいる人はみんな母親なんだからそんなことはいいではないですか、という感じだった。でも、わたしたちは、うわぁ嫌だという気持ちだった。牛島さんのところには、茂君の上に二歳違いのお兄ちゃんがいて、そして妹もいて、三人子どもがいる。水ぼうそうや、インフルエンザといった伝染する病気は、必ず牛島さんの家の子どもがかかって保育園中に広まるのだった。任意の予防注射はしていなくて、それは、

「だって高いから」

と、笑って答える牛島さんは、みんなに陰で、

「お金は、こちらで出すから予防注射に行って欲しい」

と、言われていた。茂君が卒園間近の時、「四人目妊娠したの」と言って、確かあの人はその後に、

「まだどうするか決めていないんだけど」

と、言っていた。縄文時代の土偶にそっくりな牛島さん。わたしより確か三つぐらい若いけれど、おばさん丸出しの牛島さん。牛島さんが赤ちゃんをおんぶして、何か怒りながら茂君と一緒に帰る姿は、女が一番なりたくないものだった。

年齢からすると、牛島さんのトレーナーをしっかり摑んでいる小さい男の子が四人目の子で、牛島さんが荷物のようにぶら下げているこの赤ちゃんは五人目の子だというわけだ。牛島さん、あの後また妊娠したんだね。四人目の時だって、産むかどうか迷っていたというのにまた妊娠したの。牛島さんて、ずっとセックスしているんだね。避妊は全然しないの？　ものすごく不思議。牛島さんの旦那さんを思い出そうとしてみる。卒園式には来ていたと思うけれど、全然思い出せない。だから何も印象に残らない男だというわけだ。

そういう男と、このおばさん丸出しの年よりうんと老けて疲れて見える牛島さんは、つい最近もセックスして、まだ妊娠できる体というわけね。おぞましいというか、他に娯楽がないのかと言いたいような、よくそんな姿でお互いに性欲がわきますねと、びっくりするような気持ちだ。

うちは、貴子が生まれてからもうずっとセックスしていない。どうしてこうなったのかよくわからない。夫が浮気をしているのかと思ったこともあるけれど、どうもそれはないようだ。ただ、わたしとしたくなくなっただけなのだろう。すっかりセックスがなくなってしまった今、再び始まるとしたら、それも面倒な気がする。けれど、もうこの先一生することがないとしたら淋し過ぎる。わたしは孝二に、本当はそんなのは嫌だと面と向かって言えないでいる。

毎朝八時半からメイクを始める時、わたしは石川さゆりの「天城越《あまぎご》え」のCDをかける。きっと効率のいい方法があると思うのだけれど、シングルのCDを何度もリピートさせている。

この人は歌がうまいなぁと思う。そしてこの曲はとてもいい曲だ。鼓の音が効いている。イントロが流れてくるだけで、わくわくする。

孝二と一緒になったから、わたしは勘当された。仙川に払った慰謝料四百万円は親が立替えてくれたけれど、それも毎月五万円ずつ振り込んで返している。貴子は一度も、わたしの両親に会ったことがない。

家を出た孝二と一緒に暮らすことになって、何があっても、もういいと確かに思った。わたしにはこの人しか、いなくて、この人にもわたししかいなかった。わたしたちはもうどこへも戻れないのだった。

ファンデーションを塗るまでに、CDを三回繰り返した。四回目を聴く時、ああこの歌はとても懐かしいと思っている。なんていうことはない、自分たちは洒落た関係のつもりだったけれど、やってきたことは正に演歌そのものだった。二人で手を取って何かから逃げてきたつもりだったのに、辿《たど》り着いたところで気が付いてみたら、二人ともこんなに干上がってしまった。

わたしは知りたい。石川さゆりが切々と歌い上げる、この二人の行方は一体どうなるのか。修羅場の最中なら、二人はお互いからみ合ってどうにかその日一日を生き延びていくだろう。けれどその先、二人はどうなるのだろう。どうかしあわせであって欲しいと思う。

わたしは、と口紅を塗るところで曲が終わったから、五回目の曲が流れるのを聴きながら思う。わたしは、自分がしあわせになりたくて、ああしたのだ。あの時、ああするしか他に道はなかった。

嫌なことを嫌だと言えというのは簡単だけど、なかなか言えないこともあるのかもしれない。それでもやっぱり伝えないと、だめなのだ。わたしはまだ間に合うのだろうか。まず手始めに貴子に小さなバラの付いたエプロンを探してやろう。そして、今度の日曜日にはカップケーキを一緒に作ってみよう。貴子は一体どんな顔をするだろう。そして、あの人は子どもの作文通りに、おいしいと言って二つ食べてくれるだろうか。

そんなことを思いながら、わたしはいつもよりほんの少しだけ丁寧に口紅を塗ってみるのだった。

にせもの奥さま

人の体って、わかりやすくできている。しあわせだと、水分が体中すみずみまで行き渡って、しっとりと潤うけれど、悲しみや疲れは、そんな水分を簡単に奪ってしまう。指先、毛先、かかといった体の末端は、きっと何かのセンサーなのだろう。乾いたり、ごわついたり、その人の心の状態をあっさりと伝えてしまう。ネイリストのわたしには、なんだかそんな風に思える。

わたしの店は「ネイルサロン野ばら」といって、住宅街のバス通りに面した小さいサロンだ。ここは元はお花屋さんが入っていた物件で、フローリングの床や少しクリーム色がかったしっくいの壁もそのまま使えたので、内装費用がうんと助かった。ネイルサロンの場合、店名は英語はもちろんフランス語から取っていることが多く、中には、インドネシア語、ハワイ語から取ることもある。うちのように店名が日本語だと、人によっては「ちょっと……」と思うかもしれないけれど、それはそれでいいと思っている。むしろ、爪の手入れに興味があるのにカタカナや外国語の名前のサロンに気後れしてしまう人が、この覚えやすい名前の店にそっと入ってきてくれればと思って付けたのだ。バラはバラでも、ローズなどという呼び方が大袈裟に思えるような野ばらの小ささが好きだ。大きくは目立たなくても、ちゃんとしっかり前を向いて咲いている野ばらを、かわいいと思う。

店を始めて二年が過ぎて、お客様のほとんどが、三十代後半から五十代より上の方で、あとは初めてサロンに来ましたという高校生が少し、とはっきりしてきた。二十代のお客様はあまりいらっしゃらない。

六十代のお客様には、「こんなこと、なんだか贅沢《ぜいたく》のような気がしてたけれど、他の人がきれいにしているのを見て、一度自分でもと思っていたの。でも、どんな所に行けばいいのかわからなくてね、バスの中からこのお店をずっと見ていて、それで今日やっと来ました」などと、よく言われる。

爪の形をきれいに整えること。甘皮、ささくれ、硬くなった皮を取り去ること、ローションでゆっくりとマッサージすること。これだけでも、ずい分手の印象は変わるのだ。最初は「今まで何も手入れをしてこなかった手だから」とか、「家事をずっとしてきてそのまま年を取ってしまった手だから」と、恥ずかしそうに前に出された手も、マッサージの終わる頃には、ぐっと印象が変わる。生まれたての新しい手、という感じがいつもする。

「どんな風にしてみましょうか」

「わたしの手には、どんな色が似合うかしら。自分では全然わからないの」

そんなお客様に、今までなさったことのないおしゃれをご提案するのは楽しいことだ。ベーシックなお手入れと、見た人がぎょっとしないぐらい程良いカラーとアート、そして深爪の矯正のお客様も少なくない。わたしの店、「ネイルサロン野ばら」はそんな店だ。

店は不定休で、朝の十時から夜の八時まで。わたしは九時前には自分の2DKの部屋を出て、バスに乗って店に向かう。乗っている時間は十五分から二十分の間で、どんなに道が混んでも三十分かかることはない。

店に着いてまず掃除をする。スタッフはわたし一人だけで、何から何まで自分でする。道に面しているガラスのショーウインドーをきれいに磨く。ウインドーは、三段の棚になっていて一番上の段には骨董市《こっとういち》で少しずつ集めた香水瓶のコレクション、フレームに入れたベルギーのレース、大中小と揃ったベネチア・ガラスのペーパーウェイトが並び、二段目には、ペンとパステルで手書きしたサロンのメニューと値段のリスト、三段目にはリヤドロの陶器の人魚が二体並んでいる。サロンをオープンした年の年末に、最初の一体を買い、そうやって毎年何かリヤドロの人形を増やしていこうと思ったのだ。右側の子は、髪に小さなピンクのバラを差していて、左側の子はバラの首飾りをしている。この人魚の作品は、三人姉妹だから、今年の年末には最後の人魚を迎えに行けばいい。人魚が三人揃ったら、次は何の人形にしようか。そんなことを考えながら、そっと羽ぼうきで人形のほこりをはらうのも、毎朝の大切な儀式になった。

小さなガラスの一輪ざしにこの日は黄色の野ばらを三本入れて、そっとウインドーの三段目に置いた。人魚の隣が定位置だ。カウンターの上のピンクの花は、まだ元気で、水を換えればいい。

今、何時だろう。壁にかけた、丸い木のフレームの時計を見る。九時半。わたしは、白い花瓶をカウンターにそっと置き、時計を見ながら、ああ前田さんと思った、前田さんは今、どうしているだろう。そして、神様、前田さんの坊やをどうかお願いします、とも思った。前田さんは、きのう最後のお客様だ。

七時四十五分に、フットケアコースのお客様がお帰りになり、今日はこれでおしまい、と思って後片付けをしようとした時、ドアベルが遠慮がちな音をさせた。

「あの、今日はもう終わりですか？」

「いいえ、まだやっていますよ。どうぞ」

わたしは、自分に気合いをいれるようににっこり笑って言った。このお客様には、聞いた側にやわらかい印象を与えるような、なまりとは言えない程度のイントネーションの違いがある。初めてのお客様だ。うちは予約制ではあるけれど、予約なしでも来て下さったお客様はなるべくお断りしないようにしている。閉店時間も自分一人だから、わたしが遅くなってもいいと思えばそれでいいのだ。

お客様は、「えーと、誰にどんな風に注文すればいいのかしら、もしかしたら、この人はお弟子さんで別に先生がいるのかしら」と、いう感じで、サロンの奥を見ている。うちに初めていらっしゃるお客様は、みなさん同じようになさる。わたしはきっと、「ネイリストらしくない」のだろう。人にもそう言われるし、それは自分でもよくわかっている。はっきり言ってデブで、ブスで、一七〇センチを超す大柄で、ショートカットのわたしはネイルの雑誌に出てくる、まるでモデルのように華奢《きゃしゃ》で、ゆるく巻いた長い髪がよく似合う、ネイリストとは大違いだ。通っていたネイルスクールの講師にも、「ネイリストは接客業でもあるのだから、デブでブスな人はネイリストに向いていない」と、わざわざ講義の時、私の席の隣に立たれて言われたことがある。

ネイリストは、ネイルの技術がまず第一じゃないのか？　心を込めてお客様の爪、手、足のお手入れをすることがネイリストの全てではないのか。ブスでもデブでも接客できる。顔がきれいだったら、ネイルが下手《へた》でも構わないのか。関心事は、自分の姿かたちが一番で、陰でその日のお客様の爪の形はもちろんのこと、持ち物、着ている服、住んでいる場所も、笑いのネタにするような「きれいなネイリスト」のほうが、いいというのだろうか。

　色白で、むうっと唇が前に出ていて、手足の肉がぶよぶよしているからと、高校生の頃「ざえもん」という残酷なあだ名で男子がわたしを呼んでいることを知っていた。水泳の授業の時は目くばせと、うす笑いにさらされた。

　鼻は丸くて上を向いている。目は細いアーモンド形で吊《つ》り上がっている。顔は自分のものだけれど、自分用にできていると思えない。「人は見た目」「いつだって女性はきれいになれる」「努力をやめた時から、女は終わり」。そんな風にメイクアップ・アーティストが雑誌で対談をしているのを見たことがある。

　そんな言葉を目にする度に、わたしは「自分は自分、人は人」と、思うだけだ。この写真の人は、わたしのような顔ではないし、わたしのような体型ではない。努力で骨格が変わるわけがない。そう思うのだ。わたしの家は、父も母も体が大きかった。わたしの顔は突然変異でもなんでもなく、目がぱっちりと大きい顔は、うちの親戚には誰もいなかった。

　だからといって、わたしはやけになって自分の容姿について何もしない、というわけでもない。朝、シャワーを浴びる、夜はお風呂に入る。髪は二週間に一度、サロンの近くの美容院に行って手入れをする。カットをまめにして、トリートメントをすることで、健康でつやのある髪でいたいと思うからだ。ショートカットにしているのは、そのほうが明るい印象になるからだし、何よりも仕事中に髪が前にかからなくて集中できる。

デブでブスな人はネイリストに向かないとあの講師は言ったけれど、それなら、もしお客様が「デブでブス」だったら、あの講師はお客様と思うよりも前に、まず「デブでブス」と思うのではないか。少しでも、自分をきれいにしたいと思って行った場所で、そんな風に思われてしまうことは悲しくて恥ずかしい。人間は、自分が歓迎されていない時、それはすぐにわかるのだ。このとても単純なことは「デブでブスではない人」には、わかりにくいことなのかもしれないけれど、わたしにはすぐわかる。この人、何か別なことを考えているんだろうな、ということもわかる。わかるけれど、それがわかったところで仕方のないことだ。そんなことも慣れれば平気になった。なるべく目立たないようにする。自分は自分、人は人。自分の手にしたものを大切にする。それがわたしのモットーだ。

「よろしければ、こちらのカードにご記入いただけますか？」

わたしは、ボードにはさんだ「お客様カード」にボールペンを添えて渡した。名前、住所、電話番号、年齢、職業。全部記入される方もいらっしゃるし、そうでない方もいらっしゃる。どんな感じの方で、何をご希望なのか。最初の印象から自分でわかることもあるし、お客様のお話からだんだんわかってくることもある。

カードをわたしがお渡しして、他にスタッフがいないこともわかり、「ああ、この人にしてもらうんだなあ」と、思われたのだろう。

「こんな時間に、予約もなしにすみませんね」

と、言った。グレーのジャージ素材のラップドレスの胸元に、白いキャミソールが見え、そのドレスには青いラインで、小鳥が二羽気持ち良く飛んでいるところが描かれている。素足に茶色い革のサンダルで、手も足も爪に何も塗られていなかった。持っていらしたエコバッグは籐《とう》のカゴにお預かりした。

「いいえ、構いませんよ。気になさらないで下さい」

カードを書いていただいている間に、表に出ている「OPEN」の札を「CLOSED」にしてきた。

記入していただいたカードを見る。前田紀子、四十一歳。主婦。住所は福島県になっている。

「あの、お住まいは福島県なんですね。ご実家が、このご近所ですか？」

「いいえ、そういうわけじゃないんです」

わたしは、これ以上うかがうのは失礼に当たるような気がして黙っていた。前田さんがこれから、ネイルケアかフットケアか、何をお選びになるのかわからないけれど、ネイルの色やご希望のアートは、別に住んでいる場所には関係がない。

「わたしの子どもが、この先の病院に入院していて、わたしはその付き添いをしているんです」

そう言って前田さんが口にした病院の名前は、自分には子どもがいないからあまり縁がなかったけれど、確かに聞いたことのある国立の小児科専門の病院だった。

「ああ、そうでしたか。それは、大変ですね」

「ええ、そうなんです。家のほうに、主人と下の子を残して、わたしとその子だけでこちらに出てきているんです」

「付き添いと、おっしゃっていましたけれど病院にずっと泊まっていらっしゃるんですか」

「いいえ」

そう言って、前田さんはバスでもっと行った先に、ウィークリー・マンションを借りているのだと言った。その病院は、他の病院ではなかなか扱えないような症状や病気も扱うので、前田さんのように遠くから治療のためにやってくる人も少なくないそうだ。その人たちは皆、前田さんと同じように泊まる所の確保、家に残してきた家族のこと、そして何よりもそんなことにかかるお金のことで大変な思いをするのだという。それは本当にそうだろう。

「わたしの十歳の子は、」

と、前田さんがしてくれた話は、これまで聞いたことがないくらい、かわいそうな話だった。

「三年前、わたしたちは日曜日にホームセンターに行ったんです。あの日は三月の終わりの頃で、まだ寒かった。わたしたちは、庭に花壇を作って春になったら花の苗をたくさん植えようと思っていました。東京の人には、わからないと思いますけれど、うちのほうだと郊外に車で少し行くと、ホームセンターや大きな本屋さんや、スーパーマーケット、回転寿司のお店が一緒にあって、そこは休みの日にはなんとなく家族で行くような場所なんです。

その日、夫は二歳の昭彦を連れていて、わたしは、昭利《あきとし》と一緒にいました。夫は昭《あき》成《なり》といって、二人の子どもには昭の字が付くのです。

わたしたちは、園芸コーナーに行くために店内を歩き、丁度、日曜大工コーナーを歩いている時でした。陳列されていた角材が、どうしたわけか本当に今でもわからないのですけれど、急に崩れて倒れてきたんです。そして、角材の一本が床にぶつかってバウンドし、角の部分が昭利の左目に当たりました。

それは、あっという間で、自分でも何が起こったのか、わからないくらいでした。あの後、自分の親にも、親戚からも『母親が一緒に付いていながら、何をやっているんだ』と何度も何度も言われましたし、責められました。『自分の子どもの目がこんなになって』とも言われました。

わたしも自分で自分を責めた。わたしが隣にいたのに、なぜ守れなかったのだろう。あの子を突き飛ばしてでも、なぜ守れなかっただろう。そんなこと、他人に言われなくても、もう何百回も自分で思いましたよ。隣に母親がいても、こんなことがある。母親のわたしが悪くなくても、こんなひどいことが起きることがある。思い知ったのは、それだけです。

あの子でなければ、じゃあ、わたしの目に角材が当たれば良かったのでしょうか。そんな風にも思いました。そんなことが起きたらどうなるでしょう。主婦がそんなことになったら、食事のことはできない、子どもの世話も主人のことも、家の中のことも、そしてわたし自身の治療もできなかったんじゃないかと思います。

だからといって、子どもがこんな目に遭っていいと、言っているわけではないんです。結局、神様っていないんじゃないかなんて思うようになりました。もし神様がいるとしたら、ずい分、ひどいことをなさる、とも思います。

昭利はアメリカで角膜の移植手術を受けました。その時も、わたしと昭利の二人だけで渡米しました。国内での治療費も、そんな海外での治療費も、ホームセンターが支払います。ですが、どんなにお金を払ってもらっても、あの子の目は元に戻らないし、なんといっても目ですから、手術や治療の時には痛いし、こわいことだろうと思います。わたしだって、全然知らない場所で主人と離れて、こんな大変なことを一人で背負うことは苦しいし、こわいです。

でも主人には会社の仕事もあるし、昭彦の世話もしなくてはなりません。うちは、わたしは働いていませんが、こういう事情を市役所に話しに行き、『保育に欠ける状態』であることが認められて、あの子は保育園に通っています。いつものお迎えは、夫の両親がしてくれていますけど、『ママ、ママ』と泣くので、年を取っている義父たちには負担だろうと思います。

昭利は、親のわたしが言うのも変ですが、心の優しい我慢強い子です。痛いだろうし、こわいだろうと思うけれど、いつも『目が良くなるためだから、がんばる』と言っています。ホームセンターで、あんな事故に遭ったというのに恨むわけでもなく、心がひねくれるわけでもないのです。

紫外線は目に良くないので、子どもですけれど、こんな季節にはサングラスをかけます。春先は、花粉が刺激にならないように、大きなゴーグルをつけて歩きます。

そうすると、人はじろじろ見ますね。東京だったらいろいろな人がいるから、まだ違うのかもしれませんけれど、家のほうでは、少しでも他の人と違うとじろじろ上から下まで見られてしまいます。最初の頃は、それが苦しくて苦しくて仕方ありませんでしたけれど、あの子は別に平気にしていました。最近はわたしも平気になりました。別にじろじろ見られても、死ぬわけではありませんしね。そう思うと、だいたいのことはなんでもありません。

大怪我をした左目は、角膜の移植を受けましたけれど視力はあまりありません。右目ばかりに負担が行って、右目の視力も悪くなって心配です。道を歩いていても、左側はどうしてもよく見えないから、人にぶつかってしまう時があります。そういう時、人によってはものすごく怒る人がいて、『母親が一緒に付いているのに、ぼーっとさせて』という言い方をされることがあって苦しくて悲しいですね。母親がそばにいながら、とか、母親が一緒に付いていながらって、必ず言われます。結婚してただ子どもを産んだだけなのに、母親がしなくてはならないことに押し潰されそうです。

結婚はしてもいいし、しなくてもいい。子どもはいてもいいけれど、いなくてもいいと正直、そう思います。今のわたしの役目は、あの子たちの母親だから、やらなくてはいけないことを一生懸命やるだけですけれど、本当はわたしがしたかったことや、こんなことさえなければ、わたしができたことって一体なんだったんだろう、わたしは何のために結婚したんだろうと思うと、がらんとしたウィークリー・マンションの部屋で、夜、声を上げて泣く時もありますよ。

明日、昭利は手術をします。左目の見え方がよくなくて、手術することになったのです。摘出という方法もあるのですが、わたしとしては、まだ子どもだから自分の目があるほうがいいと思うんです。

今日、夕方洗濯物をたたんでいたら、タオルのループが右手の人差し指にできた硬い皮に引っかかったので、両手をこうして広げてよく見てみました。それから、両方の手をさすってみました。がさがさしていて、指があたると皮が痛かったです。家に、病人がいると難しいもので、笑っていると、人の世話になっているのに何をのん気に、と思われるし、おしゃれなんかしていると、こんな時にいい気なものだと言われるし、それなら暗い顔をしていればいいのかと言ったら、そんなことをしていたら、こんな毎日やっていられません。

明日の手術の前に、わたしは昭利の手を握ってやろうと思うのですが、この手をやわらかくしてあまり派手にならない程度にきれいにしてもらえないでしょうか」

長い長い話の末に、前田さんはそう言った。わたしは、前田さんの手を見る。確かに油分が少なくて指先は乾燥している。短く切りそろえられた爪は小さい。けれど、この爪を卵形に整えればかわいらしく見えるし、何も問題はない。

「はい、それでしたら形を整えて、マッサージも入ったネイルケアコースが、いいと思います」

手術する昭利君の視力は、一体どのくらいあるのだろうか。淡い色よりも、きっと濃い色のほうが、はっきりと見えるのではないだろうか。

「お色なのですが、小さめのお爪ですから濃い赤も派手にならずにかわいらしい感じになります」

棚から三本、真紅といっていいような赤い色のマニキュアを取ってきて、お見せした。

「ええ、こういう色は確かにわたしも好きなのですが、やはり病院に詰めているので、他の方のことを考えると、しないほうがいいように思います」

そうなのかな。ご本人がそんな風にお思いになるのなら、よく似合っていてもきっと気になってしまうだろうから、良くない。

「それでしたら、こんな感じの濃いピンクですとか、ちょっと感じを変えて、オレンジも元気な感じでいいかもしれません。

男の子は、お母さんがきれいにしていると、嬉しいと思いますよ」

「そうでしょうか。少しでも、あの子が嬉しいとわたしも嬉しいのですけれど」

前田さんは、ピンクとオレンジ、どちらにしようかと迷っている。優しくて甘い色なんて、この数年触れることはなかったのではないかな。元気ということよりも、そんな優しい色こそ、今、前田さんには必要だと思った。優しい心は、元気と違って自分一人の力で手に入れるのは難しいもののような気がする。

「この明るいピンクをメインにして、先のほうにラメの入ったもう少し濃いピンクを塗るのは、どうですか。それでずい分、明るい感じになりますよ」

　前田さんは、手術に向かうお子さんの手をきれいで、やわらかい手で握ってあげたいと言っていたのだ。

「それから、今、思ったのですけれど、明日昭利君の手を握ってあげるのですから、右手の人差し指の爪だけでも、金色の線でハートをいれるのは、どうですか。そこにキラキラしている小さなストーンをのせても、うんときれいですよ」

　全部の指にハートというわけにはいかないけれど、せめてこの前田さんの気持ちが伝わらないか、と思う。

「派手ではないでしょうか」

「ええ、そんなに派手ではないですよ。もし派手だとしても目の手術をする昭利君に見てもらうためですから、いいではないですか。そんな優しいお母さんの気持ち、誰も何も言いませんよ。もしも、うんと気になるようでしたら、手術が終わった後、いらして下さい。すぐにきれいに落とせますから」

「じゃあ、せっかくだからそのピンクでお願いしようかしら。ここに来るまではベージュとか、そんな色にしようと思ったのだけれど、うんときれいな色で、かわいい爪にして、昭利に見せてやりたい」

「そうしてあげて下さい。昭利君も、お母さんがかわいい爪になって、きっと驚きますよ。ネイルの学校で、先生が、しあわせは自分の手で掴むのだから、手や指先はきれいにしなくちゃいけないって、言っていました」

わたしは、前田さんの手をホットタオルでしっかりと包み、タオルの上から自分の手で抱くようにやわらかく力を入れる。

「あったかくて、気持ちいい」

手は、体のどの部分よりも生々しく他者を求めている淋しがり屋の器官だと思う。十年間、誰の手にも触れなかったし、誰からも触れられなかったと言ったお客様もいた。そんなお客様がぽつんともらした一言を、わたしは誰にも言ったことがない。

「このお仕事は、人の役に立ついいお仕事ね」

前田さんは、形を整えられピンク色に塗られていく自分の爪を見ながら言った。ネイルなんて、塗ってもそのうちはげるものだし爪だって伸びていく。どうせやっても無駄ではないか、と思う人もいるだろう。そういうことも本当だろう。けれど、花だってそのうち枯れるし、おいしいものをいくら食べてもおなかは空く。けれど、短い期間であれ、自分がきれいで楽しいと思えることは特別なことだ。花を見て、確かに心は一瞬でも豊かになるし、おいしいものを食べれば嬉しい。

人間なんて、そんな一瞬が力になって、それ以外のなんでもない時間を過ごせるのではないか。わたしには、そう思える。やってもみないうちに、どうせ、なんて自分の頭で決めてあきらめてしまったら、何も新しいことは始まらない。

　わたしが塗ったマニキュアは、必ずそのうちはげてしまう。それでも、その色がお客様のその小さな爪の上にある間は、きっとその人は楽しくいられる。そう思うことは、この職業を選んだ人間だけが感じられるしあわせだ。

「はい、お客様に喜んでいただけていい仕事ですし、そんな風に言っていただけるのでとても嬉しいです。明日、昭利君が喜んでくれるといいですね」

「そうね。親なんて子どもが病気なら心配するし、病気じゃない時も心配するし、心配ばっかりしている。こんなすてきなお仕事持って、自分のお店があって、きっと先生のお母さんはしあわせね。お母さんにしてあげたこと、あるのですか？」

「ええ」

「喜んだでしょう」

「はい」

「それは本当に親孝行でしたね」

　そんなことを話していたら、またドアベルが小さく音をたて、人が入ってきた。あ、と思って顔を上げると、高橋さんが立っていた。高橋さんも、お客様がいるので、あれ、という顔をしている。時計を見た。もうすぐ九時になる。そうだ、約束の時間だ。

前田さんも、ちょっと振り向いて高橋さんを見た。

「あら、ごめんなさいね。旦那さんがお迎えにきてくれたのね」

「あ、いえ、違うんです」

「なんだか、長々、おしゃべりしてしまってすみませんでした。おかげさまで、爪がこんなにかわいくなって、ハートもかわいいです。明日、昭利に見せます」

わたしは、お預かりしていたエコバッグを持ちレジのカウンターの上に置く。

「他にお荷物ありませんか？」

「はい、これだけです」

レモンイエローのお財布から前田さんがお金を出す時に、カード入れに緑色のカードがあり、そこに「厚生労働省・(公社) 日本臓器移植ネットワーク」という文字が見えた。あ、と思った。

「ああ、これ西瓜《すいか》なの。なんだか安かったから、一人なのにこんなに大きなカットのものを買ってしまったけれど、良かったら旦那さんと召し上がって下さい」

こちらが返事をする前に、前田さんは半分に切られた西瓜をカウンターに置き、入口の茶色の革のソファに坐っていた高橋さんにも、おじぎしてお帰りになった。

高橋さんは、この店の内装をしてくれた工務店の人で、月に二度くらい一緒にレイトショーを観に行ったり、夜、食事に行ったりしている。サロンがオープンしてから、一年くらいたって、「何か困ったことはないですか」と突然連絡があって、それからこんな風に出掛けるようになった。ただそれだけの間柄だ。

わたしは、自分より背の低い、そして白髪のまじる髪をして、ポロシャツが持ち上がるほど、おなかが出ている高橋さんに、「高橋さん、結婚しているの？」と、一度も訊いたことがない。そんなことを口に出したら、自分が思っていることが、まっすぐ高橋さんにバレてしまって、大恥をかくからだ。

高橋さんが、こうして来てくれるうちはそれでいい。わたしはもうずっと前から、何事も誰にも期待しないように生きてきた。後ろ向きに聞こえるかもしれないけれど、そうやって思っていれば、もう誰のことも恨まないし、度を超えて落ち込むこともない。何を言われても平気だし、かえってほんの少しいいことがあると、すごく嬉しくなる。

前田さんに言ったことで、嘘がある。わたしの母は、四十四で亡くなった。大腸がんだった。最後まで、わたしの名前を呼んで、わたしを心配して死んでいった母。そんな心配をかけたわたしは、デブで、ブスで、大きくて「ざえもん」と呼ばれるような娘だというのに。「ざえもん」は「ざえもん」が嫌で、高校二年生の時に、風邪薬を一瓶全部服んだことがある。今は、そんな程度では死ねないのだ。あの時の胃の洗浄の苦しさを思えば、何でもできる。

「死なないで、死なないで」と、ずっと付き添っていてくれた母。わたしの意識が戻った時、声を上げて泣いてくれたのだ。わたしが幼い頃、父と離婚し保険の仕事をして、わたしを育てた母だ。四十四で亡くなった時、わたしも前田さんが言ったように、神様っていないな、と思ったものだ。

わたしにとって、結婚するとか子どもを持つとか、そんなことよりも、とにかく仕事を持って自分一人で生きていくことがなによりも大事なことだった。

去年自分が四十四歳になった時、区役所のカウンターにあった「臓器提供意思表示カード」をもらって帰ってきた。前田さんのお財布の中にあったカードと同じものを、わたしも自分のお財布の中に入れ、冷蔵庫の扉の一番上の所にも貼ってある。わたしは、一人になった十八歳の時から自分が生きていくことに一生懸命だった。会社員になり、何回か転職し、お金を貯めて、ネイルの学校に行き、サロンで修業して、そうしてやっと自分の店を持った。わたしは確かに一生懸命だったけど、命懸けで大事にするものがなかったな、なんて思ってしまったのだ。

仕事が休みの時、渋谷駅の南口で募金活動をしている人を見たことがある。まだ小さい女の子の写真がパネルになって、心臓移植のためにアメリカに行くには四千万円ものお金がかかる、と書いてあった。募金のために立っているのは、その女の子のお父さんの関係者なのか、会社に行ったら部下が何人もいそうな男の人が四人いた。

わたしも何か役に立ちたい。そう思って千円募金箱に入れたら、それをじっと見ていた女の人が、わたしとその募金をしている人たちに向かって、

「こんなこと無駄ですよ。十円や百円、千円や二千円、こうやって集めたって、必要なお金なんて集まりませんよ」

と、言ったのだ。そんなことを言った人のことを、わたしはじっと見た。強いパーマのかかったセミロングの髪、黒いフレームの眼鏡、ひまわりのプリントのついた白いTシャツ、それにベージュの長めのフレアースカート。本当に普通の人だ。自分は募金しないなら、それでもいい。でもせめて募金する人の邪魔をしなくても、いいのではないか。この人は、家族に病人が出たら、ああお金がないから仕方がない、とすぐにあきらめられるのだろうか。

四十四歳になったあの時、わたしはきっとこれからも一人で生きていくだろうと思った。それなら、自分がどうしようと、何から何まで自由なのだから、こんな臓器提供意思表示カードを持ってみようと思ったのだ。わたしでいいのなら、誰かの役に立ちたいと、ただそれだけを思った。誰かの命が助かるのなら、わたしはその知らない誰かを助けてあげたい。

高橋さんは、西瓜を持った。店の外に出ながらわたしは、それまで聞いた前田さんの話をした。昭利君の手術は朝九時半から始まることも話した。

「子どものことは、本当に大変だ」

「そうね」

高橋さんが、そう言って、わたしもそんな風に返事をする。おしろい花が咲いているのだろう、暗い道にいい香りがする。

「この西瓜、まだ冷えているぞ」

「そう?」

「今日は外で食べるのはやめて、何か食べる物を買って、うちで食べるか?」

高橋さんは、やさしく笑って言う。その目は、おだやかでなんだか懐かしい目だ。

「でもわたし、明日もお店があるから」

「そうしたら、うんと早く出ればいいし、気になるなら、夜、車で帰ればいい。送って行く」

そんな風に言われて、高橋さんの西瓜を持っていないほうの手で、自分の右手を包まれてしまう。あったかくて、気持ちのいい手だ。ああ、わたしは一体何年、こんな風に男の人に手を握られたことがなかったんだろう。そんな風に思いながら、わたしも自分の手にそっと力を入れて高橋さんのその大きな手を握り直した。

逆襲奥さま

キッチンのテーブルの上に、密閉容器が三つのっているのだった。一番下の大きなケースには、海苔《のり》の巻かれていない三角のおむすびが八個入っていた。そのケースの上には、水色のふた付きの二つの容器に、ひじきの煮物と金時豆の煮物が入っている。煮物の容器の上には、おむすび用の細長く切られた海苔がのっていた。

わたしと、夫の洋一はパジャマ姿のまま、この「食べ物」をまん中に黙って坐っている。きっと洋一は、こんな時、煙草を吸いたいだろうけれど、それが余計わたしの神経に障ることを学習したのだ。だから煙草を吸わないでいる。その代わり、冷蔵庫からオレンジジュースのパックを取り出し、コップに注いで飲んだ。ふん何さ、自分だけ飲んで。わたしにも、飲むかどうか一言訊いたっていいじゃないの。嫌な感じだなぁ。ああ、この嫌な感じというのは、この人の親のDNAなのかもね、とわたしは思う。

「あのさぁ、何でこういうことするのかな。わたし、全然わからないんだけど」

そう言って、コップを取りに立ち上がった。オレンジジュースを注ぐけれど、コップに三分の一もなかった。

「何がだよ」

「何がだよって、これよ。これ。決まっているじゃない」

わたしは、オレンジジュースを一気に飲み干し、ことんとコップを置いて言う。この厚手のガラスのコップはデパートのイタリアフェアで買った。

「どうして、あなたのお母さんって何でも勝手に自分がしたいように、したいことをするの。相手の都合って全然考えないの？　土曜日の朝の十時半に、チャイム鳴らしてさ、こんなもの、持って来られるの、わたし嫌なの。あなた、自分の母親に、わたしがご飯作らないで朝遅くまで寝ているとでも言ったわけ？」

「そんなこと、言うわけないだろう」

「それなら、なんでこんなもの持って来るの。頼んでいないのに。何かの当て付けですか。電話もしないでいきなり来てさ、『あれ、まだ寝ているの。だらしない』って、それ、あんまりじゃないの。わたしは、月曜から金曜まで働いているんですよ。土曜日の午前中ぐらい、ゆっくりさせてもらったっていいじゃないですか。わたしが体を休めて疲れを取ることが、あなたのお母さんは何か気に入らないんですか。別居しているのに、わざわざ自分から勝手に来て、あんなことを言うなんて、わたしそういうの本当に嫌だから」

自分の思っていることを言葉にして、夫にぶつけていると、涙が出て来た。

「これ、あなたが全部食べてちょうだいね。わたし、お義母さんが作ったもの、一口だって食べる気がしないから」

十時半に玄関のチャイムが鳴って、朝から誰だろうと思って、インターフォンに出ると埼玉の義母が、

「わたしです」

と、答えた。ぞっとした。約束はおろか、前の日に電話もなくて、いきなり来たのだ。もう、この人は本当にわけがわからない。わたしはあわてて、寝室に戻り、まだ寝ていた洋一をゆすって起こし、

「玄関にお義母《かあ》さんが来てる。あなた出て。それから、絶対家に上げてはだめ。こんな非常識なことされては、嫌」

と、言った。

洋一はベッドの上で体を起こし、じっとわたしの話を聞いて、寝癖の付いたままの髪で寝室を出てドアを閉めた。その後姿は、パジャマのままだったからなのか、「あれ、この人、いつの間にかおじさんのように見える」と思って、ちょっとびっくりした。いつからこの人は、こんなにおじさんになったんだろう。そんな姿であの人は自

分の母親の所に行った。急に、かわいそうにと思ったけれど、それはしてもらわないといけないことだ。わたしはベッドの上で、クリーム色のブランケットの中にもぐって、体をできるだけ丸く小さくした。

出て行きますように、出て行きますように。わたしの嫌なことは、みんなわたしの所から出て行きますように。

体を小さくして、それでも力を込めてぎゅっと目をつぶる。嫌なものが通り過ぎるように、嫌なものにつかまらないように、体を小さく小さくして、わたしはじっとしていた。

寝室のドアが開いて、パタンと静かに閉まる音をブランケットの中で聞いた。

「もう行ったよ」

洋一がそう言ったから、体の力を抜いた。

もう、行ったよ。この人に自分の母親をそんな風に言わせるなんて、きっと、それはわたしが悪い。けれど、あの義母という人だってあんまりだと思う。わたしが嫌がれば嫌がるほど、迫ってくるのだ。

洋一が、わたしの隣に体を伸ばす。めくれたままの布団を、わたしと自分の上にふんわりと掛けた。

洋一が、わたしのほうを向いて横になっているのは、わかっているけれど、わたしは、洋一に背中を向けたまま、じっとしている。このままこうしていつものように、パジャマの中にそっと手を入れられて、胸にまわされた洋一の指で、両方の乳首を力を込めてつままれてしまったら、なんだかそれはわたしの「負け」という気がする。セックスでごまかすわけにはいかない。だから、本当は体が重くて手の指も、むくんでいるような気がしたけれど、

「ああ、嫌だ。もう寝ていられない」

と、声を出して起き上がったのだった。

わたしがテーブルに着いたから、洋一もそうした。ただそれだけのことだ。テーブルの上の、紫色のポリエステルの風呂敷包みをほどいてみたら、密閉容器が出てきたのだった。ひじきの煮物には、細かく切った人参《にんじん》のオレンジ色がやたらと目立つ。

「あのさ、何でこれ持ってきたの？　あなた、ちゃんと話をしてくれたの？」

「したよ」

洋一が、うるさそうに言う。ああ、この人のこの顔は、百パーセントわたしをうんざりさせる。

「へえ、何だって？」

「いつも日曜日には、出掛けているみたいだから、土曜日だったらいるかと思って来

たって言っていた。全然うちにも来ないし、電話も出ないし心配だから様子を見に来たらしい」

「どうせ、気にしているのは子どものことだけなんでしょ。あなた、わたしがまだ妊娠していないこと、ちゃんと言ってくれた？」

それには、洋一は答えない。初めて会った頃、この人は、きれいな顔をしていると思った。一緒にいると、それだけでわたしは嬉しかったし、セックスしている時は、この人が気持ち良さで顔をゆがませているのを見ると、こんなにこの人を乱しているのは、このわたしだ、このわたしの体なのだと、ずい分誇らしかったものだ。洋一は、あと十センチ背が高かったら、普通の会社員にはならなかっただろうと思う。

「そんなにお義母さんが心配してくれているなら、あなた一人で行ってくればいいじゃない。あなたの家なんだから」

本当にそうだ。わたしは、そう思っている。

「正月くらいは、夫婦揃って顔を見せるものだってさ」

今から、お正月には実家に来いってキャンペーンをしているのですか。

「わたしはあなたの家に行くの嫌だって、言っているじゃない」

二年前に結婚して、洋一の家に行って泊まったのは一度だけだ。

「どうしてだよ」

「だから、何度もあなたに言ったじゃない」

「あのね、君が言っているその理由、おかし過ぎて親には言えないって」

洋一はいつもは、わたしのことを「千晶《ちあき》」と名前で呼ぶのに怒っている時は、「君」と呼ぶ。

「そうですか。でもね、あなたの家、変よ。絶対何かいる。だからわたしは行きたくないんです」

わたしがそう言うと、洋一は、わたしがそれを最初に言った時と同じ顔をして、そしてやっぱり同じことを言う。

「君がそう思うっていうか、何かを感じるのは自由だけどね、悪いけどぼくはあの家で三十二年間育ってきたんだよ。それで、一度も何も感じたことがないし、実際何もなかったわけ。

そういう風に言われるのは、正直な所、いい気持ちはしないし、今も両親はあそこに住んでいるんだよ。

まあ、君が気持ちが悪いと思う場所なら、何も無理矢理連れて行くつもりはないから安心しなよ。でも、うちの親が心配していることも、少しはわかってもらいたいんだよね。ぼくたち、結婚しているわけだから」

ああ、またこれか、と思った。

わたしは、洋一の実家を気持ち悪いと言っているのではない。あの時、寝室にと用意された和室に入ると、確かに「別の誰か」の気配がして、それを一晩だけだからと無理矢理我慢したけれど、夜中に金縛りにあって、胸の上に乗られて、首を絞められたのだ。悪いけれど、そんな所は普通恐ろしくて行けないものではないだろうか。

「わたし、ちゃんとお祓《はら》いしてくれなければあなたの家には行かない。何度も、そう言った」

「君以外の人は、何も感じないんだよ。そんな家を、なんでわざわざ君一人のためにお祓いしなくちゃいけないの。そんなこと、ぼくが言うのも嫌だよ。おやじもおふくろも、普通に暮らしているんだから、気悪くするに決まっているだろ。君一人がちゃんと我慢してくれればいいじゃないか」

わたしは、別に子どもの頃から霊感があったわけではない。洋一は決して信じないけれど、あの日、洋一の実家に泊まった時から、わたしは「その」気配を感じるようになってしまったのだ。何かを感じる、ということは何も我がままでも何でもないと、わたしは思う。実際に体が動かなくなったり、特定の場所に足を踏み入れると手足が冷たくなって、心臓がどきどきしてしまうのは、自分でも止められないことだ。「我慢してくれればいいじゃないか」と言われても、感じてしまうのだから、どうにもならない。

「これって、ぼくも言いにくいことなんだけど、こんな機会だから一度言うけど、君って、ぼくの母のことバカにしていない？」

「え、それ、どういうこと？」

洋一が、わたしの目をじっと見て言う。

「君さ、前に言ったよね。『あなたのお母さん、女なのに角刈ね』って。角刈っていうか、あれ、ただのショートカットって言うんじゃないの？　なんだか、おふくろを見る目がいちいち意地悪な気がするんだよね。確かに、君みたいにきれいじゃないし、仕事にも出たことがない専業主婦だから、君からしたらおかしい所はあると思うよ。それに君のお母さんみたいに、ブティックやっているわけでもないし」

「ママのことを言わなくても、いいじゃないの。なによ、あなたやあなたの家の人って、わたしのママのこと、派手なおばさんって言っているんでしょ。わたし、知っているのよ」

洋一はブティックと言ったけれど、わたしの母が経営しているのは、ランジェリーショップだ。わたしは、小さい頃から色とりどりのきれいな下着に囲まれて育った。だから今、下着メーカーで働いているのは自然な流れだと思う。父はフリーのカメラマンで、しょっちゅう家を空けていた。仕事の合い間に毎年、流氷を撮影するのが父のライフワークなのだった。

美しいランジェリーを商品として扱うには、自分自身の生活も美しくなければならないと、母は常々言っていた。そのためにお店はもちろん、家中に生花を飾り、インテリアにも気を配っている。豊かな髪はいつも夜会巻きにまとめられ、白いフリルの付いたシャツブラウスに、パンツが母の働く姿なのだ。お客様の採寸のために体をかがめることが、想像以上に多いのがこの仕事だから、それはわたしにもよくわかる。パンツに下着のシルエットがひびくことをプロとして恥に思っていたから、レースのTバックを愛用していた。

わたしは別に、義母のことをいちいち意地悪な目で見ているわけではない。ただ、わたしの母とは、全然違うので驚いているだけだ。

白髪を明るい茶色に染めて、それこそわたしにしてみれば角刈にしている。断言する。あれは絶対に角刈。ショートカットじゃない。だって後ろ、刈り上げているじゃない。洋一は、義父とも義母とも似ていない。前に会った時に着ていたセーターは、白と黒のヒョウ柄にブルーのスパンコールで、だんだら模様が浮いていた。そのピンクの色違いを、わたしに、

「千晶さんは若いんだから、そんな黒い服じゃなくてたまにはこういうのも着てみたら」

と、笑いながら手渡した。

こんなのくれなくてもいいのに。誰も頼んでいないのに。全然わたしの趣味じゃないのに。結局、それってお義母さんが、自分でそのセーターをわたしにあげたいから、くれただけで、わたしがそんなセーターを受け取って一体どう思うかなんて、全然考えていないのだ。おまけに、そのセーターは、長いことたんすにしまってあったのか、古い石けんみたいな匂いがするのだった。こういうの、本当にぞっとする。

洋一は、一人息子で、

「こんなにきれいな人がお嫁さんに来てくれて、美人の娘ができたみたいで嬉しい。わたし、やっぱり女の子が欲しかったから」

と、結婚が決まった時に確かにお義母さんからそう言われた。それは覚えているし、あの時は嬉しかった。わたしは、あの頃、何もわかっていなかったというわけだ。

お義母さんは、土曜や日曜に電話してきて、いつも一時間ぐらいノンストップで喋《しゃべ》りっぱなしで、くたびれた。わたしからはお義母さんに言いたいことも聞きたいことも何もなく、ただわたしは聞いているだけだった。

話は前の晩のお義母さんの家のおかずから始まり、お義母さんの昔のウエストが六十センチだったこと、お義母さんの向かいの家の猫が水色のセキセイインコをつかまえてきて、そのセキセイインコが「ピーちゃん」と自分の名前を喋ったこと、だからお義父さんがパソコンで写真入りのポスターを作り、ピーちゃんの飼主を探したこと、すぐに見つかるかと思ったその飼主は結局今もわからないので、ピーちゃんはお義母さんの所で飼うことにしたこと、洋一を二歳の時初めて動物園に連れて行ったら、象がこわくてお義母さんの脚にしがみついて泣き、おしっこを漏らしたこと。

その時々で、晩のおかずが、その日のおかずのことになり、向かいの家の猫のことが、隣の家の犬のことになり、洋一が動物園に初めて行った日のことが、小学校の入学式のことになったけれど、延々とハイテンションでひたすら喋り続けるお義母さんは、わたしにとって恐怖だった。そして、この電話の相手をさせられるわたしの都合を一瞬でも考えないその神経が嫌だった。電話の最後には、いつも、

「あのセーター、どうだった？」

と、訊くから、しばらくごまかしていたけれど、五回めくらいの時に、

「マンションの草むしりの日に着ました」

と、答えたら、もう次の時にはセーターの話は出なくなった。それにその次の時から電話を替えて掛けてきた人の番号がわかるようにしたので、わたしはもうお義母さんからの電話は取らなくなった。よっぽど大切な用事なら、お義母さんは洋一の携帯電話に掛けるだろうし、わたしはどんなに訊かれても、自分の携帯電話の番号は教えなかったのだ。自分の身は自分で守らないと、だめなのだと、わたしは感じ始めた。

「君って、ぼくの実家に行くのが嫌で、ぼくのおふくろが、ここに来るのも嫌だよ

ね」

「ええ、嫌よ。だって、あなたのお義母さんって、わたしのやること、なんでもかんでも気に入らなくて、わたし監視されて、しかも文句言われるから、嫌なの」

お義母さんは、うちの俎《まないた》を見て、

「え、こんな小さくてお料理できるの」

と、大きな声を出したのだ。ほっといて下さい。うちの台所は、広くないんですよ。毎日料理しているのは、このわたしです。わたしが使いやすい物を使って、何かいけませんか。

お義父さんとお義母さんが、このマンションを見に来た時、わたしはチキンの空揚げと、ポテトサラダ、えのきとわかめのお汁、炊き込みごはんをした。

お義父さんは黙って食べていた。

お義母さんは、

「ね、ポテトサラダに、りんごは入れないの？　うちは、必ず入れるし、ハムは入れるものなのよ。あと、ゆでたまごもね。あら、玉ねぎを入れるの？　珍しいわね」

と、言い、空揚げは、

「これ、なんだか甘い」

と、言い、お汁は、

「三つ葉は入れないの?」

と、言った。

あのさぁ、口に合わないなら食べるなよ、と思った。客なんでしょ。出されたものを黙って食べればいいじゃない。ポテトサラダに、ハムって「入れるもの」って、いつどこで決まったんですか。わたし、ハムって鉄くさい味がして好きじゃないんですよね。でも、洋一が朝、ハムエッグを食べたがるから、ハムは買ってある。

わたしは黙って席を立ち、冷蔵庫からハムを二枚取ってきて、細長く切り小皿にのせた。

「気が付かずに、それはどうもすみませんでした。お許し下さい。どうぞハムを入れて下さい」

洋一は、こわい顔をしてわたしを見たけれど、わたしは平気だった。ハムぐらい一体なんだと言うのだ。それに、おばさんは嫁の作ったポテトサラダのハムのことより、自分の口の周りに生えちゃっているヒゲのことを気にしたら? もう相当はっきり伸びていますよ。それ、剃《そ》ってからまともなことを言いなよね。ヒゲの生えている姑の言うことなんて、聞く気にならないって。

「あ、ハムあるの。やっぱりポテトサラダにはハムが入っていないと、味が何だかぼんやりしてしまうから。ほら、お父さん、ハムですよ、ハム。ね、せっかくだから入れたら」

お義父さんは、別にハムなんてどうでもいい風だった。そんなこと、わたしにもわかる。気にしているのは、この世でただ一人あなただけです。

「あ、ちょっとマヨネーズもらってもいいかしら」

「はい、今、お持ちします」

わたしは、瓶入りの生協のマヨネーズを出した。

「こういうのじゃなくて、普通のがいいんだけれど」

普通の？　これも、十分普通だと思う。

「チューブに入ったものは、ないの？」

「ああいう容器のものって、何かが溶け出すようで、うちはできるだけ瓶のものを使っているんです」

「まあ偉いのね。うちは、いつもスーパーの安売りのを使うだけだから。共働きって、いいわね」

はぁ？　今、ここではマヨネーズの話ではなかったのでしょうか。共働きと、これとはどう結びつくのか、全く理解できない論理である。

「うちのポテトサラダは、ハムとりんごと、塩もみしたきゅうりに、人参と、ゆでたまごのみじん切り。玉ねぎは入れないの。千晶さんにも、うちの味を覚えてもらわないと」

　お義母さんが、わざとらしく明るく言うと、洋一とお義父さんは黙ったまま、何も言わずにもそもそと口を動かすだけだった。ポテトサラダなんて、自分の好きなように作っていいんじゃないの？　そんなに重要なことなのでしょうか。嫁いびりのネタになるなんて聞いたことがない。

「千晶さん、何かお漬物ないの？」

「すみません、うちは、あんまり食べないから」

「あら、変ね。洋一は、きゅうりの糠漬《ぬかづ》け好きなのに」

　へえ、そうなの、と思って夫のほうを見ると、洋一は一瞬びくっとして、次に視線を下にしたまま、炊き込みごはんを食べ続けた。

　なんだか嫌な感じだと思った。あら探しに来たんだね。

　あの後、宅配便で白いほうろうの四角い容器に入った糠床と、大きな俎が送られてきたのだ。誰も頼んでいないのに。わたしは情けなくて悔しくて、泣きたくなった。しかももっと嫌になることには、洋一はわたしの悔しさを全く理解せず、

「心配しているんだよ」

　などと、言うだけだった。

　心配？　一体、何を勝手に心配しているのですか。わたしの何が心配だというので

すか。あの後、何度かお義母さんから電話があったけれど出なかった。そうしたら、次にはFAXが何かを受信し、何だろうと思ったら「実は簡単、糠床のお手入れ」という新聞記事だったのだ。

わたしにはよくわかっている。

お義母さんが、実にあっさりとあれこれ干渉してくるわけを。わたしたちは、このマンションを買う時、頭金六百万円のうちの三百万円を出してもらったのだ。だから、お義母さんとしては、自分たちの出した三百万円分は口を出しても構わない、もっと言えば、三百万円分、自分たちは好きな時に、このマンションに行っても構わない、構わないどころか、立派な権利があると思っているのだ。

事あるごとに、

「何で洋一のお給料だけで暮らせないの？」

「どうして奥さんが、おうちにいないで働くの？」

「子どもが生まれたら、どうするの？　保育園なんてかわいそう」

と、平気で口走ってくれるけれど、わたしは一日でも早く、あの借りた三百万円を返してしまいたいと思っている。

「わたし、こんな風に土曜日の朝に結婚した息子の家に食べ物持って、押し掛けてくる母親って嫌なの」

「君が疲れていて、食事を作るのが大変だろうと思って持ってきただけだよ」

「食事を作るのは自分たちの毎日の生活だから、わたしはちっとも苦痛じゃないの。わたしの気持ちや都合を何も考えないで、こうやって自分の考えだけで行動されるのが嫌なの」

「だって、君は、ぼくの母と連絡取り合うことだって嫌で、電話も無視しているじゃない。じゃあ、どうやって、君の都合や考えをわかればいいんだよ」

「ふーん、あなたなんだかお義母さんのお弁当が届いて、嬉しいみたいじゃないの。それなら一人でおいしく召し上がれ。仲良し親子でいいですね。わたしの居場所がない感じがする。

すみませんけれど、わたし、今日これから出掛けて明日戻ります。留守中あなたは、その愛情弁当食べていればいいですね。ひじきと、豆の煮物ね。そんなものが好きなの。申し訳ないけれど、わたし、全然知らなかった」

もうどうなってもいいと思った。まだ子どもはいないのだし、これで別れることになれば、それでも構わないと思ったのだ。

一人で寝室に戻り、着替えた。どこに行こう。予約なしで、急に泊まれる所ってどこだろう。もう秋だし海の見えるリゾートホテルなんて、いいかもしれない。行ってみてだめだったら、また戻ってどこか都内のホテルに泊まってもいいかも。エステ付きのレディスプランもきっとある。

一泊用の荷物をカートに詰めて、寝室を出た。洋一は、煙草を吸っている。

「わたし、行くから」

「そう」

わたしたちが交わした会話はそれだけで、その日わたしは伊豆のホテルに泊まり、洋一からは電話は来なかった。


わたしが会社を早退したのは、それから半月後だった。目まいがして、熱っぽくていつもとどうも違うので、大事を取って帰らせてもらった。手帳をじっと見た。帰り道、薬局によって、うがい薬やマスクなどを買って帰り、吐き気をおさえてパジャマに着替え、トイレに行った。そして、ベッドに倒れ込んだ。船酔いのような、ぼーっとした吐き気がずっと続く。体全部が、靄《もや》に包まれているような気がする。ベッドの上で、うつ伏せになって寝ていた。どの位、そうしていたのだろう。あれっと思った。玄関のドアが開き、洋一が帰ってきたみたいだった。わたしは、まだ動けないでいる。洋一に何か言わなきゃ、と思っているけれど、そのままでいた。台所で、音がしている。買い物をしてきてくれたのだろう。どうも買ってきたものを、冷蔵庫にしまっているみたいだ。うちは、あれ以来冷戦状態が続いている。これをきっかけにして、やっぱり仲直りしなければ、と思った。

洋一は掃除機をかけている。寝室はかけなくていいよ、と伝えなければと、思いながら横になっていた。今、一体何時だろう。

カチャンと寝室のドアが開けられた。電気のスイッチが入り、明るくなる。体を起こした。

「あれ、いたの」

そう声をあげたのは、掃除機を持った義母だった。え、と思った。何で家の中に入ってこられるの。この人、合鍵持っているっていうこと？　わたしは、渡していないのに。それなら、洋一が渡したっていうことだ。

「お義母さん。なんで、掃除しているんですか」

文字通り、くらくらしながら言った。

この日の義母は、イッセイ・ミヤケのプリーツプリーズのにせ物の、水色のシワ加工のTシャツのようなものに、下はデニム柄をプリントした厚い地のニットのズボンだった。これは、パンツとは決して呼べずズボンとしか呼べない。きっと後ろを向けば下着の線が丸見えで、股のクロッチの部分まではっきり見えるだろうから、本人よりも他の人間が恥ずかしい思いをしなくてはならないだろう。

「今日、ちょっと時間があったからね」

「あの、そういうことじゃなくて、なんで結婚した息子の家に留守中こっそり入って来るんですか。それ、プライバシーの侵害ですよ」

「大変だろうから、掃除してやろうかと思っただけ」

「あ、それ、誰もお願いしていません。洋一さんがお願いしたんですか」

黙っている。

「このこと、洋一さんは知っていますか」

何も言わない。この人、きっと今日初めてこんなことをしたわけではないだろう。いつもしまってある掃除機を、ちゃんと見つけていた。

「息子夫婦を手伝ってやろうと思っているのに、全く千晶さんは気持ちの通じない人だね。そんなに、わたしのことが嫌いなの。こっちは親なんだよ。お礼を言われても、いいぐらいだと思うけどね。感謝知らずの困った人だ」

ああ、全くわけのわからないおばさんだ。おばさんのことが好き嫌い以前の問題である。この人のしていることは、いけないことなのだ。こういうことをする人のことは、絶対好きになれない。洋一の最初の結婚がすぐだめになったのも、この人のせいに違いない。

「嫌なんです。押しつけがましく勝手にいろいろなことされたり、指示されたりするのが。わたしはちゃんとやっていますから、ほっといてもらえませんか」

「だって、あなた、うちのお嫁さんじゃない」

「はい、洋一さんと結婚したからそうですけれど、こういうことまでされる必要はないと思います。わたしは、お義母さんの所有物でも娘でも子分でもないですから。それとも、三百万円まだお返しできていないから、その分、ご自分の勝手で、このマンションに来てもいいということですか。それなら、ここに半分の百五十万円がありますから、今日お持ちになって下さい」

わたしは、クローゼットの下から二番めの引き出しの奥から、鍵のかかる箱を取り出した。この鍵はドレッサーの引き出しの中に入っている。

「あ、そんなところに現金を入れていて。不用心だ」

「いいじゃないですか。うちのお金で、お義母さんには関係のないことですから。百五十万円お渡しします。メモで結構ですから、受け取り、お帰りになる前に書いていって下さい」

わたしは大きく息を吸った。

義母の目を見て、そらさずに言う。

「お義母さん。わたし、一度うかがいたかったことがあります」

「何？」

「くぜみよこって、誰ですか」

義母の顔が、引きつった。

「何でその名前を知っているの」

「ああ、やっぱりそうでしたか。お義母さん、お義母さんのおうちに、何かいますよ。わたし、前に泊まった時に、金縛りにあって首絞められました。それから、煙の匂いもいっぱいしました。変ですよ。わたし、ちゃんとお祓いしてくれなければ、お義母さんの家には行かないって、洋一さんに言ったんですけれど、ちっとも聞いてもらえませんでした。

この、くぜみよこっていう人、お義母さんのことすごく怒っています。絶対に許さないそうです。そのこと、お伝えしておきますね」

「千晶さん、あなたってきつね憑《つ》きなの」

「お義母さんて、そういう物の言い方しかできない人なんですね。お気の毒なことです」

ベッドの下に置いたままの、ライムグリーンのハンドバッグから、携帯電話を取り出した。黒い猫のストラップを付けている。「悪い縁を寄せつけません」と風水の先生のご本にあった。

洋一に掛けた。時計を見ると四時半だった。

「あ、わたしです。仕事中、ごめんなさい。今、電話いいですか？

あのね、今日具合いが悪くて早退して、うちで寝ていたら、お義母さんが合鍵で勝手に中に入ってきて、掃除していたの。合鍵渡したのはあなた？　それ、やめてもらっていい？　明日、鍵、替えますから。で、もう合鍵はお渡ししません。

それからね、病院にちゃんと行くけれど、わたし、妊娠した。うん、そう。薬で確かめた。それでね、今、一番大切な時だから、ストレスなしで過ごしたいと思います。ね、そう、あなたにもわかるでしょ。だから、お義母さんに、こちらに来ていただくの困るし、わたしもうかがいません。移動が大変だから。そう。そういうこと。

あと、これはまた今晩話し合いたいけれど、あなた、あいざわゆみこさんっていう人のこと、それ、だめよ。こういうことになったし、もう、ここでやめて。今ならできるでしょ。どうしてって、それ、ただわたしには、わかるの。わたし、みっともないことしたくないから、あなた自分で言ってね。

お義母さんは、今ここにいらっしゃいますけれど、これからお帰りになります。じゃあ、お仕事中、すみませんでした」

「ねえ千晶さん、あなた本当に妊娠したの」

「はい」

「そう、それは良かった」

「ええ。というわけで、わたしものすごいストレスになるのでお義母さんにお目にかかりません。無事子どもが生まれたら、それはご連絡します。子どもが生まれても、お義母さんが、わたしに嫌なことをしたら、子ども見せませんし抱かせませんから。わたし、本気でこう言っています」

「でも、赤ちゃん生まれたら、大変でしょう。どうするの」

「はい、ベビーシッターさんをお願いします。神戸の母にも頼めますから。すみませんけれど、わたしのやりやすいようにさせてもらいます。嫁だ嫁だと言われて、何かを押しつけられるの嫌なんです。お義母さんだって、お姑さんにいろいろ嫌な目に遭わされたのではないですか。それなら、わたしにも同じ事をしないで下さい。それから、糠床ですけれど、わたし、つわりで匂いが苦しくて、お義母さんにご満足いただけるような手入れが一切できませんから、お返しします。冷蔵庫の中に入れて、上に塩を敷いてしまっておきました。じゃあ、今、ご用意します。合鍵はどうぞ置いていって下さい」

義母は、何か言いたそうだったけれど、もう何も言わなかった。茶色のきんちゃく形のバッグから、鍵を出して下駄箱の上に置いた。四つ葉のクローバーのキーホルダーがついていた。

「じゃあ千晶さん、とにかく体、大事にしてちょうだい」

「ええ、そのつもりです」

ああ、やれやれ、と思った。洋一が帰ってくるまで、あと少し寝ようと思ってベッドに近づいた時、あれっと思った。

ベッドのヘッドボードの後ろに、見慣れないものが目に入った。二匹の蛇がからみあっているお札で、全然知らない神社の名前が書かれていた。何、これ。いつからここにあったんだろう。これも、あのおばさんが、こっそり貼ったに違いない。

わたしは両手を自分の体にまわした。うす暗くなってきた部屋に立ちつくしたまま、ゆっくりあたりを見まわす。お祓いしなくちゃ。お祓いするのは、まずこの家だ。

気味が悪かった。それでも、と思った。

わたしには、やらなければならないことがたくさんある。明日、申し訳ないけれど有給を取ろう。まず鍵屋さんを調べて、病院を調べて、お祓いのことも調べないといけない。わたしは、わたしと洋一と、これから生まれる子どもとの暮らしを守らなければならない。あの義母から遠く遠く逃げないとならない。そう思うと、力がわいてきた。この蛇のお札よりも、もっと強い力が欲しいと思った。そう、これは逆襲。これから逆襲が始まる。わたしには、今それがはっきりとわかっていた。

単行本あとがき

わたしが最初に書いた本は『バイブを買いに』と言います。その本を出した時、「このタイトルは一体、何だ」と言われた。わたしにしてみれば、「え、これはバイブレーターを買いに行く話だから、内容のわかるとってもいいタイトルではありませんか」という気持ちでした。買う方《かた》が恥ずかしいかもしれませんが、「虎穴に入らずんば虎子を得ず」。言葉の使い方はこれでいいのでしょうか、勇気と自由な気持ちがある方に読んでいただければ、という願いも込めました。

さてそれなら、今回の『逆襲、にっぽんの明るい奥さま』は、どうなのかと言えば、はい、タイトルそのまま、「会えば挨拶をする普通の明るい方ですよ」という女の人の、明るくない部分を字にしてみました。最近のわたしは人間について、よく考えている。特に人間の才能を考える時、とりあえず何があっても外からは普通に見えるというのが、最大の才能ではないかと思います。「この人、大丈夫?」と思わせる人は、あまりいないものです。だいたいの人は、悲しみ苦しみがあっても、それは外には見せないものだ。だから、そんなことを今回、物語にしてみました。

逆襲したわけは、そうでもしないと誰も、主婦の話なんて聞いてくれないからです。うっかり「どうしたの」と言ったら、面倒なことを振られるとでも思うのでしょうか。そうではないのに。ただ知って欲しい。それだけのことです。

わたしにとっては、主婦とは雄々しい人たちです。たった一人で、家族のために自分の全てを差し出している善意の人です。奥さん、主婦の話はこれからも書いていきます。続篇のタイトルは、今のところ『突撃、にっぽんのきれいな奥さま』を予定しています。よろしくお願いします。

本が形になるまで、たくさんの方が助けて下さいました。お忙しい中、お読み下さった「しあわせ奥さま」大島美幸さん、ありがとうございました。南Q太さん、すてきな絵をありがとう。愛のあるデザインは大久保裕文さん、大橋麻耶さんのお仕事です。ありがとう。しょこらさん、大切な病気の体験を教えて下さり、ありがとうね。校正の佐藤泰代さん、お世話になりました。担当の瀬谷由美子さん、このシリーズをマガジンハウスから出して下さり本当にありがとう。それから、この本をお読み下さった方に心からお礼を申し上げます。ありがとうございました。

夏石鈴子

改名奥さま　あるいは文庫のためのあとがき

二〇〇八年にマガジンハウスから出た『逆襲、にっぽんの明るい奥さま』が、この度小学館文庫になりました。嬉《うれ》しいなぁ。解説も『ネグレクト』（小学館文庫）、『ルポ虐待』『家族幻想』（ちくま新書）などの著者・杉山春さんにお引き受けいただきありがたいことです。杉山さんは対象者に寄り添い、決して裁こうとせず「一体何があったのか、どうしたのか」という静かな視線が素晴らしいです。わたしは杉山さんの虐待についての講演会にもうかがい、客席から質問をしたこともあった。いつか何かでご縁が出来ないか、と願っていましたので今回の文庫化の話をいただき、すぐに「あ、解説は杉山さんにお願いしたいです」と申し上げました。

わたしは二〇一二年の『わたしのしくみ』（角川書店）以降、本の仕事がありませんでした。出版関係の会などで初めて会う編集者に、「今もまだ原稿とかって書いているのですか」と、笑いながら言われることも少なくない。そういう時は、こちらも笑って「ええ、今もまだ書いていますよ」と答えていました。

他にもわたしがしていたことは、いくつかある。子供の通っていた区立中学校のPTAで広報委員長を三年間していた。PTAは「PTAああPTA、PTA」と無意味に五七五にするくらい、困ることだ。「これって加入は任意のものですよね」とは、いくら正しくても普通は言えません。仕事を持つ母親にも係は「して下さい」と言う割には、打ち合せが平日の昼間というのは親切じゃないし、雑用も全員平等にきっちり割り振らないで、女親分みたいな人が「人にはいろいろ事情があるし、立場も違うから無理な人はしなくていいよ」と言ってくれないかな、と小学校のPTAで思った。だから中学校では広報に立候補して、委員長にもなった。そうすれば、自分に都合の悪いことはしなくて済む。打ち合せはほとんどメール、集まるのは土日だけ、来られない人はそれでいいし、仕事ではないから青筋立ててすることはない。年二回の発行で三年やりました。この方法はとても良かったです。

あとしたことは離婚だな、離婚。慰謝料、養育費なし。別れただけの離婚です。ウィキペディアの元夫のページには（二〇一六年五月十七日現在）、二〇一三年に「同年、夏石鈴子との離婚が成立した」とあるけれど、これ、正しくないのです。ウィキペディアって誰がどう書いているのか、わたしは知らない。この「離婚が成立した」という一文をじーっと見ていると、その行間からは、「離婚されたくなくて、ねばってごねて泣いて騒いで未練たらたらの夏石鈴子を振り切って、俺はやっと離婚したんだよ、ああせいせいした」というか情景というかストーリーが浮かびませんか。わたしには浮かびます。この文章を書いた人がどんな人なのかは、全く知らない。でも中途半端に何かを知っているつもりで書いていて、その上元夫に変に肩入れしていることはよく伝わる。わたしは本人なので、それではここで本人が説明致しましょう。

二〇一三年春に、「もういいや。離婚しましょう、出て行って」と夫に言いました。「ああ、この人はどうにもならない」と、はっきりわかったので決めるのは簡単でした。愛想が尽きた。はっきり目が覚めた。元夫は（その時はまだ夫だったけれど）わたしの預金通帳にあった百九十七万円を勝手に下ろして、好きなように飲み食いに使いました。そのお金はわたしがマンションを買い換えてローンを精算した残金で、生活費と中三の子供の高校の学費にする予定でした。買い換えも、生活を立て直すためにしたのです。

この世には、妻の役に立たない夫という人たちも確かにいる。でも、役に立たないどころか、積極的に害を与える夫、妻を騙《だま》してとことん絞り取っても平気な夫って、それでもまだ夫なのかな、と思う。そして、そういうめにあっているのに、まだ一緒にいる「奥さま」が近くにいたら、「この人は一体何が良くてそんな男と一緒にいるのだろう。ひどいめにあうのが好きなのか？」と、わたしでも思うことだろう。

あの時「ああ、嫌だ嫌だ、もう嫌だ。止《や》めていいことは止めればいい。もう待たないし、助けない。こういう人しか好きになれなかったのは本当だけど、なにも一生ひどいめにあわなくてもいいはずだ」と思いましたね。これ、もっと早くわかれば良かった。でも、この時わかったのだから、良しとすることにしました。離婚は優秀な弁護士を立てて交渉しました。いいようにされたり、うやむやにされないためにです。十二月に出て行ってもらいましたが、離婚届を返送するようにと何度も弁護士が連絡しても、一切無視して送ってきませんでした。えー、それは一体なぜ？　そのため調停も起こしたのですが、一度も裁判所に来ませんでした。本当に困った。「この人に誠意を求めるのは時間の無駄です」と、弁護士は静かに言いました。離婚が成立していないのですから、その間に何かあったら、わたしに義務が発生する。それ、嫌だし、ずるいですよ。結局離婚届は、四月に父親の所に遊びに行った高一の息子が、

「はい、持ってきたよ。ありがとうは？」

と、鞄《かばん》から取り出して渡してくれて、これが金曜日の夜だった。助かった、と思った。偉いぞ、息子。よくやった。それから近所の友人二人に署名してもらい、月曜朝一番に区役所に提出したのでした。だから離婚が成立したのは二〇一四年だし、なかなか成立しなかったのも、別にわたしのせいではありません。ですから「同年、夏石鈴子との離婚が成立した」というのは、事実としても正しくないし、これは妙に澄ました実に嫌な文章である。**あ、それから使われてしまったお金は、今もそのままなの**

でとにかく早く返して欲しい。わたしも子供も困っている。いつも、おなかがペコペコです（二〇一六年五月十七日現在）。

離婚後、ずっと自分で五十枚の原稿を書いていた。これが世に出なければ死んでも死に切れないと思った。「神様、この原稿を書き上げる力を下さい」と神頼みしながら書いた。原稿をちゃんと書いて世に出したい、と思った理由には、赤瀬川原平さんのこともありました。その頃、赤瀬川さんは病院からご自宅にお戻りになり、奥様が大切に看病なさっていた。赤瀬川さんにお目にかかった時、奥様が、「マキコさん、あなたにはせっかく文章を書く才能があるのだから、原稿、書いて。そうしたら、わたし赤瀬川に読んで聞かせるわ」

と、おっしゃいました。依頼もなくなり発表する場もなく、もう原稿なんて書けないような気がしていた。でもそれは違う。よーし、また書くよ、そして行商するよ、と思った。はい、気分は林芙美子でした。行商も、伝《つて》を頼ってしまいました。

感想としてはいろいろある。一番面白かったのは、ある文芸誌から読む前に「掲載は難しい」と言われたことだ。そうか、読まずにわたしの原稿がだめとわかるなんて、きっと霊能力のある編集者なのだろう。それ、すごいことだよ。で、同じ原稿を小学館の皆川裕子さんは即決で採用して下さり、二年かけて書いた「おめでたい女」は文芸冊子『きらら』二〇一六年四月号に掲載されました。ありがとうございました。

今回神頼みするにあたり、「わたしは空手《からて》で、大事なお願い事は致しません。原稿が書けるのなら今までの名前は捨てます」と誓ったので今後は、鈴木マキコで書いていきます。また「そちらのしくみは、よくわからないのですが、赤瀬川さんに原稿のことをお伝え下さい」ともお願いしたので、今、赤瀬川さんはおわかりになっているはずです。良かった、良かった。安心しました。

これから先「奥さま」「おめでたい女」の続きを書いていきたい。書くことに、休みはあるかもしれないけれど止めない。だから、どうぞ探して下さい。平気な顔で、いつもどこかで書いている。そう、これは逆襲。これから逆襲が始まる。わたしは、やられっぱなしなんかじゃない。勝負事は勝てなくても、負けていなければいいだけだ。五十枚に二年もかかったけれど、今はこんな風に思うようになりました！

夏石鈴子
でもこれからは
鈴木マキコ

解　説

杉山春

本書の解説を書くよう依頼を受け、正直、戸惑った。私は小説の熱心な読み手ではない。だが、著者の意向と聞き、心が動いた。

私はこれまで、二つの児童虐待事件のルポルタージュを書いている。一つは、二〇〇〇年に愛知県武豊町《たけとよちょう》で起きた、二十一歳の若い夫婦が、自宅で三歳の女の子を段ボール箱に入れて餓死させた事件（『ネグレクト　育児放棄――真奈ちゃんはなぜ死んだか』小学館文庫）。もう一冊は、二〇一〇年に大阪市西区で風俗店に勤務する二十三歳の女性が、一歳の息子と三歳の娘を五十日間風俗店の寮に放置して亡くした事件（『ルポ　虐待――大阪二児置き去り死事件』ちくま新書）だ。

夏石さんは、社会の状況や生育歴を背景に追い詰められ、子どもたちに向き合えなくなり、現実から目を背けてしまう親の心の動きに関心があるのだと思った。

夏石さん、編集者、私の三人で、都内のレストランでランチをご一緒した。布製の個性的な帽子を被《かぶ》り、カラフルな石のネックレスをして堂々とした雰囲気の夏石さんは、私が「女性が元気になる作品だと思った」と感想を述べると、大きな身振りで握手を求めてきた。手渡されたのは『新版　いやされない傷　児童虐待と傷ついていく脳』(友田明美著　診断と治療社)という医学書だった。

児童虐待の研究はこの二十年で大きく進んだ。幼いころに虐待を受けると、脳そのものが物理的に変化することがわかってきた。その研究の第一人者の著作だ。私はネットで注文したものの、在庫切れで二カ月近く待っていた。私の必要への理解と、この分野への目配りが深い。そう思った。

『逆襲、にっぽんの明るい奥さま』は八人の「奥さま」を主人公とした短編集だ。妻として、母として、働く女性として生きにくさを抱えていた彼女たちが、現実に向き合い主体的に生き始める瞬間が描かれる。

例えば「お茶くみ奥さま」。頭髪が薄くなった夫が、そのことを受け入れているのは「えらいなー」と思う。だが、つい他の夫たちと比べてしまう。専業主婦であることに満足しているが、小学校一年生になった息子の保護者会でのPTAの役員決めで、働く女性から「納税している母親は係を免除してもらいたい」という発言が出ると心穏やかではいられない。そんなとき、その発言者のセックスの場面を思い浮かべようとする。十年以上前、尊敬する職場の先輩から聞いた理不尽への対処法だ。途端にこの発言を真面目《まじめ》に取り上げるのがバカバカしくなる。主人公は冷静な発言をして、だれもが委員を一役引き受けるという結論を導き出し、自分はクラス委員も引き受けた。「レジ打ち奥さま」の息子も一年生。学校のプリントや連絡帳をきちんと出すことができない。主人公は翌日の図工の授業で必要な材料を、タクシーで東急ハンズにまで買いに行ったこともある。先生にダメな母親だと思われたくない。息子はハズレだ。

そんな我が子と距離がとりたくて、スーパーのレジ打ちのパートに出た。思いがけず、自分がレジ打ち係に向いていることを知る。見事な仕事ぶりの先輩女性が親切に技術を教えてくれる。彼女は年に一度、仕事を休んで一人で海外旅行に行くという。「自分の好きな仕事だって？　自分の才能を生かす仕事だって？　は、それが一体なんだというのだ。（略）わたしだって、レジ打ちをして好きなことをしてみよう。これはわたしがやっと摑《つか》んだ手段じゃないか」

リアルな現実に向き合うことで、具体的な人の姿が見えてくる。ハズレだと思っていた息子の優しい心根が見える。自分自身の魅力にも気がついていく。

八人の「奥さま」たちがそれぞれ現実に向き合い、道を探っていくときに役立つのが就労の体験だ。地道に与えられた持ち場を守る知恵が自分と周囲を変えていく。

夏石さんは、一九九八年に『バイブを買いに』（リトルモア）という最初の本を出した。セックスのときの女性の感覚、感情を注意深く観察し、文字に写し取り、男性目線ではないエロティシズムや性を媒介にした男女関係を女性読者に提供して、共感を呼んだ。隅々まで観察し、自身の情動をモニターする力が半端ではない。

二〇〇三年には短大を卒業した若い女性が、老舗《しにせ》出版社に就職し、受付に配属されて働く基本を身につけていく様子を描いた『いらっしゃいませ』（朝日新聞社）を出した。夏石さんの実体験がもとになっている。ここにも見事な受付の技術を持ち、後輩を適切に指導する魅力的な女性社員が登場する。夏石さんは、作家活動の一方で、今も出版社の社員として働く。組織の一員として、地道に仕事を全うする喜びと価値が遺憾なく表現されている。

かつて、女性の役割は明確だった。学校を出てしばらく働いてから結婚し、家庭を作り、子どもを育て、親世代を看取《みと》り、老いていく。妻や母親には共通する規範があった。

だが一九九〇年代に入り、高度経済成長とそれに続くバブル期は終わり、男性は家族を支える経済力を当たり前のようにもつことはできなくなった。女性は、社会進出が加速し、多様な生き方が広がった。それでも、家族規範は強く、妻や母親はこうあるべきだと女性たちを縛る。異なる経験をもてば、お互いにつながれず、孤立しやすい。

ネグレクトは時代をうまく生きられない親が、社会に助けを求められずに起きる。

同時代を生きてきた夏石さんは、その観察眼、表現力で自分自身を徹底的にモニターして、小説やエッセイを書いた。しばしば題材になったのは、十七歳年上の映画監督・プロデューサーと一緒に過ごした二十五年間だ。恋愛、間に生まれた二人の子どもたちのこと、また、家族としての日々だ。思い通りにならない我が子への苛立《いらだ》ち、家族に目を向けない夫への不満も折々に書いた。

『逆襲、にっぽんの明るい奥さま』には、具体的な生活は記していないが、エピソードに体験を反映させ、ガンを患った知人のことも物語化している。

ランチをご一緒したとき、夏石さんは「女優のように演じるつもりで描いた」とおっしゃった。そのようにして変化の時をどのように生きたらいいのか考え続けてきたのだ。

「天城越え奥さま」の主人公は、運動会の徒競走で他の子より半周遅れでゴールをするような娘を可愛いと思えない。「いくら上辺《うわべ》をとりつくろっていても、心の芯では、貴子（娘　筆者注）のことが好きではない」。

主人公は上司だった夫と不倫の末に家庭をもった。妊娠をしたとき、子どもができなかった前妻に勝ったと思った。それ以前、不倫がばれて元妻が会社に乗り込んできたときには「結婚している男に手をだしていいと思っているのか」と問われ、「嫌なら、最初にちゃんと嫌だと言ったらどうなのよ」と答えている。規範に縛られるのではなく、自分の願いを知り、そこを起点に人生を作る。

参観日に、娘が見事に描いたあじさいの花の絵を見る。貼り出された作文には、娘と自分が一緒にカップケーキを作り、夫が美味しいと言って食べたと、架空の幸せな日曜日のことを書いていた。主人公は娘にも生きる力があり、幸せな家族になりたいと願っていることに気づく。同時に自分もまた幸せになりたくて家庭を持ったのだった、まだ、間に合うだろうかと思うのだった。

児童虐待の知見によれば、ネグレクトにさらされている子どもは、自分の感情がうまくモニターできない。自分の状態が言語化できず、つらい気持ちが膨らんで、爆発する。他方、自分の心持ちを上手にモニターできると、他者の苦しみや悲しみを理解できる。

私たちは『逆襲、にっぽんの明るい奥さま』の主人公に重ね、言葉になりにくい思いを言葉にし、周囲の人の思いに気づく。そこから現実に向き合っていけばいいのだ。

本書の文庫化が進んでいた頃、夏石さんは文芸誌『きらら』に鈴木マキコの筆名で「おめでたい女」を発表した。この筆名は本名に近く、一九九八年に『新解さんの読み方』（リトルモア）を最初に発表したときに使った。夏石さんは、出版社の社員としては、『新明解国語辞典』（三省堂）の人間味あふれる語釈に気づき、赤瀬川原平氏に『新解さんの謎』（文藝春秋）という名著を書かせた編集者でもある。赤瀬川氏の勧めでその続編『新解さんの読み方』を書いた。

新作「おめでたい女」では、二〇一四年に映画監督でプロデューサーの夫と離婚した、その経緯を描く。また、幼い頃、母親から「結婚なんてするものじゃない」「子供を産んだら一生の終わり」と言われていた日常や、酒を飲んで、妻子を拳で殴っていた父親のことも書かれている。

夫は生活費を夏石さんの収入に頼った。映画製作の金策に困ると夏石さんの貯金を使うだけでなくゴールドカードの限度額まで借金をする。長男を出産するときには用意しておいた七十五万円を持ち出して麻雀に行った。二十三万円の家賃を五カ月滞納し、大家に掛け合って、払えるようになるまで待ってもらう。マンションの住み替えで出た、夏石さん名義のローンの精算分、百九十七万円をまたたくまに使ってしまった。夫婦で現実に向き合い、そこから生活を築くことができなかった。離婚を決断したのは「嫌なものは嫌だと言い、あきらめないし、言い訳もしない」と決めたからだ。「収入も年金もなく、国民健康保険のお金も滞納して病院にも行けない」夫と別れた。

親から受けた不適切な養育や、自身の金と向き合うことは、つらい作業だ。虐待や依存についても十分に研究したはずだ。書き上げるのに二年かかった。

今後はよく知られている夏石鈴子名ではなく、鈴木マキコという筆名で書くという。夏石さん自身が「逆襲」を手にし、未来を切り開く。

（すぎやま・はる／ルポライター）

初出一覧

お茶くみ奥さま　「小説すばる」２００６年5月号
レジ打ち奥さま　「ウフ.」２００６年11月号
長生き奥さま　「ウフ.」２００７年3月号
安心奥さま　「ウフ.」２００８年4月号
加味逍遙散奥さま　「ウフ.」２００８年6月号
天城越え奥さま　「ウフ.」２００８年8月号
にせもの奥さま　「ウフ.」２００８年10月号
逆襲奥さま　「ウフ.」２００８年12月号

参考文献

『STORY』「私たちのCHALLENGE STORY」２００６年6月号
『STORY』連載「山崎多賀子さんのキレイに「乳ガン闘病」宣言」２００６年8月号〜２００７年2月号
『ないたあかおに』ぶん・はまだひろすけ／え・いけだたつお（偕成社）

―本書のプロフィール―

本書は、二〇〇八年にマガジンハウスより刊行された単行本を改稿し、文庫化したものです。

小学館文庫

逆襲《ぎゃくしゅう》、にっぽんの明《あか》るい奥《おく》さま

著者　夏石鈴子《なついしすずこ》

二〇一六年六月十二日　初版第一刷発行

発行人　菅原朝也
発行所　株式会社 小学館
〒一〇一-八〇〇一
東京都千代田区一ツ橋二-三-一
電話　編集〇三-三二三〇-五七二〇
販売〇三-五二八一-三五五五
印刷所――中央精版印刷株式会社

この文庫の詳しい内容はインターネットで24時間ご覧になれます。
小学館公式ホームページ　http://www.shogakukan.co.jp

ISBN978-4-09-406303-5